가장 가까운 위로

가장 가까운 위로

불완전한 나를 위한
따뜻하고 단단한 변호의 말들

정민지 지음

빌리버튼

가장 가까운 위로,
내가 나에게 할 수 있는 위로

봉준호 영화감독과 미국 영화감독들이 함께 한 심 포지움 자리에서 〈기생충〉 배우들의 연기를 어떻게 디 렉팅했느냐는 질문이 나왔다. 봉 감독은 여럿이 함께 연기할 때 기택은 첫 테이크 연기가 가장 좋았고, 충 숙은 두 번째가, 기우는 네 번째 테이크 연기가 최고 일 때가 있다고 했다. 그러면 편집실에서 각 배우의 베 스트 테이크를 바느질 하듯 붙여서 한 장면으로 만들 었고, 그런 장면들이 영화에 꽤 있다고 했다. 사회자는 연기 연출의 '새로운 방법new way'이라며 웃었다.

인생을 한 편의 장편영화에 비유하기도 한다. 우리의 영화도 그렇게 여기저기 바느질해서 훌륭한 한 컷을 만들어줄 수 있다면 주연 배우인 우리는 좀 더 안심하며 지낼 수 있을 것만 같다. 내가 사십 년 가까이 매일 찍고 있는 이 영화에는 도무지 매끄러운 장면이란 게 없기 때문이다. 러닝타임 내내 실수를 저지르고 헛발질한다. 한참 지나고 나서야 "아하!" 하며 그 장면의 의미를 어렴풋이 이해한다. 봉 감독이라면 감쪽같이 이것과 저것을 붙여서 끝내주는 한 컷을 만들어내겠지만, 인생은 생방송인지라 완벽한 한 장면이 나오기는 쉽지 않다. 어느 때는 물이 흥건하고 컵이 나뒹구는 방바닥을 늘 바라보는 것 같은 심정이다.

돌이켜보면, 나는 줄곧 내가 성에 안 찼다. 힘깨나 쓴다는 언론사에서 십 년 넘게 기자 생활을 했지만 에이스는 아니었다. 책을 쓰면서 감사하게도 속 깊은 독자들을 많이 만났지만 판매부수로만 보면 뒷심을 쓰지 못했다. 성과가 미적지근할수록 자신을 다그쳤다.

영화판으로 비유하자면 하이라이트 신을 뽑아내서 인생역전하고 싶은 초짜 감독이 초조하게 손톱 끝을 물어뜯는 것처럼. 성장, 변화, 도전 같은 것들이 묵은 숙제처럼 늘 나를 불안하게 했다.

나는 그 불안함의 이유를 찾다가 내 평소 습관이 잘못됐기 때문이라고 생각했다. 글을 써서 내 안의 묵은 '마음의 습관'들까지 가방 뒤집듯 탈탈 털어보고 싶었다. 그 안에 뭐가 들었는지. 과장이 있다면 걷어내고, 부족한 건 채우고 싶었다. 그런데 몸과 마음의 습관에 대한 글이 하나둘 쌓일수록 '나를 어떻게 바꿔야 할까?'에서 '내가 뭘 잘못했지?'로, '그게 그렇게 중요한가?'로, 마지막에는 '내가 나를 어떻게 따뜻하게 대할 수 있을까?'로 질문 방향이 바뀌어갔다.

톨스토이는 《안나 카레니나》를 처음 구상했을 때에 불륜여성의 비극적 최후를 그릴 작정이었다고 한다. 하지만 정작 소설을 써내갈수록 안나의 외로움에 깊이 공감하게 됐다. 책을 읽은 독자들도 그녀의 죽음에 함께 슬퍼했다. 나도 비판적인 마음으로 시작한 일이 었지만 글을 쓰다 보니 흙탕물 같은 마음이 가라앉으면서, 조금씩 내 편 쪽에 서 주고 싶어졌다. 그런 마음으로 글을 쓰다 보니 어느새 한 해가 바뀌었고, 원고를 편집자에게 넘겼다. 책 제목을 정해야 하는 시점에 이르자 나를 포함해 이 원고를 미리 읽어본 몇몇의 머릿속에서는 어느새 습관이라는 단어는 흐릿해지고, 처음에 전혀 생각하지 않았던 이 한 단어가 떠올랐다.

위로.

습관에 대한 이런저런 글들이 위로라는 단어 아래 의외로 잘 묶였다.

겉으로 말짱해 보이는 것과 상관없이 일상에서 우리는 늘 내상內傷을 입고 살아간다. 그 보이지 않는 상처들을 알아봐주고, 다독여주는 사람이 상시대기하고 있으면 좋겠지만 그런 일은 드물다. 대부분 우리는 혼자 상처받고, 몰래 울컥하고, 애꿎은 자신을 탓한다.

위로라는 단어를 이루는 한자 '로勞'는 '일하다, 힘쓰다, 노력하다'라는 뜻을 담고 있다. 위로하는 일이란 것도 몸이든, 마음이든 반드시 움직여야 한다. 내가 나에게 할 수 있는 위로, 즉 가장 가까운 위로도 마찬가지다. 이쪽에서 저쪽으로 가야 느껴진다. 내 쪽을 향해서, 더 가까이.

내가 저지른 실패들이 반드시 잘못했다는 증거들은 아니다. 그것은 '잠시의 현실'이다. 오늘의 내가 비록 해낸 일이란 게 없이 부족하고, 미덥지 않더라도 그것을 그대로 받아들이고 자기 스스로에 대한 신뢰를 훼손하지 않고 사는 것. 그게 단순하지만 단단한 마음가짐이다. 그러면 누군가에게 자신의 무언가를 증명해내기 위해 힘쓰지 않아도 된다. 제때 주문생산이 안 되는 이 위로란 것을, 바깥에서 그만 찾아 헤매고 이젠 내가 나에게 위로를 건네줄 수 있는 사람이 되고 싶다

는 결론에 이르렀다.

　서점에서 이 책을 집어 들었다면 지금 당장 위로가 필요해서이지 않을까. 머릿속으로 그런 독자의 모습을 구체적으로 그려본다. 이 글을 읽는 동안 불안한 일상을 잊고 잠깐이라도 위안을 얻는다면 글쓴이로서 무척 기쁠 것이다. 혹시 그런 마음이 온전히 가닿지 못하더라도, 독자 여러분이 자기 자신을 더 사랑해주고 싶어서 이 책을 읽었다는 그 사실만은 절대 바뀌지 않을 것이다.

－ 정민지

나를 향해 기우는 마음

마치 '자, 이제 그만 놀고 숙제할 시간!'이라는 듯 언니와 동생, 주변 친구들이 이삼년 전부터 성실한 태도로 2세를 낳고 있다. 그 과정을 지켜보면서 한 가지 공통된 패턴을 발견했다. 아이가 배 속에 있을 때는 별 희한한 이름을 생각하고 개그 소재감인 단어 조합을 떠올리며 즐거워하다가 그간의 열띤 브레인스토밍이 무색하게도 출생 신고서에는 지극히 평범한 이름을 적는다는 것이다. 유명한 연예인 이름은 안 된다고 하고, 만화 주인공 같은 외자 이름도 좀 그렇다고 주춤거리면서 결국 작명소에서 쥐여준 창의성 제로의 이름 몇 개 중에서 이내 정해버린다. 그 이유에 대해 육아 이 년 차 친구는 정색하며 말했다.

"특별한 이름은 평생 짐이 될 수 있어."

하긴. 이름이 특이한 게 좋은 것만은 아니란 걸 증명하는 여러 사례들이 머릿속에 떠올랐다. 그중 한 명은 소설가 아버지를 둔 대학 선배 H다. 이름이 세 글자인 것만 해도 충분히 튀었는데 한국인이라면 아무도 이름에 넣을 생각을 하지 않을 법한 한 글자가 중간에 턱 하니 들어가 있었다. 만나는 사람마다 "어? 뭐라고?"라고 당황케 하는 이름이었다. 매번 작명 비하인드 스토리를 일일이 설명해야 하는 상황에 처하던 H 선배에게 그 아름다운 이름은 고질병처럼 성가시면서 가끔 힘들어 보이기도 했다.

반대로, 이름이 너무 흔해빠져도 괴롭긴 마찬가지다. 특히 학창 시절에 동명이인이 반장이거나, 외모, 성적, 인기, 부모 재산 중에서 뭐 하나라도 월등하면 고난의 강도는 높아진다. 잘난 게 외모면 친구들에게 인기를 얻고, 성적이라면 선생님들의 총애를 받는다. 처지는 쪽 아이는 자신감이 아찔하게 추락한다. 구구절절 늘어놓는 걸 읽으면서 눈치 챘겠지만…… 맞다, 이건 내 얘기다. 반에 나와 같은 민지가 세 명이나 있었던 그 일 년 동안은 교실 문을 열 때마다 괴로웠고 이름을 대충 지은 (것 같은) 부모님이 미웠다.

어쩌면 흔한 이름 때문에 길바닥의 캔처럼 납작하

게 찌그러져 있던 이때의 시간을 지나면서 내 성격이 급속도로 소심해졌는지도 모르겠다. 내 생활기록부를 보면 말 잘 듣는 모범생에게 따라다니는 몇 가지 뻔한 장점 뒤에 '~지만 소극적임'이란 말이 빈도수 최강의 영어 숙어처럼 따라붙었다. 칭찬인지 욕인지 애매한 그 문장을 가만히 보고 있다보면, 그 순간마저도 소극적이란 평가를 스스로 뒷받침하고 있다는 침울한 기분이 들었다. 이번 생이 처음이라 당연히 처음 하는 것 투성이인 어린이가 매사에 적극적으로 임하는 건 좀 무모한 거 아닌가?

그건 지금 와서야 하는 생각이고, 당시의 내가 누가 봐도 부끄럼 많고 조용한 아이인 건 사실이었다. 한번은 담임이 출석을 부를 때였다. 이름이 불리면 "네!"라고 하면 되는데, 이 한 음절짜리 대답이 안 나와 그만 엉엉 울어버렸다. 시간이 지나서도 별반 달라지지 않았다. 중학교에 다닐 땐 체육 시간이 되면 친구들은 홀러덩 교실에서 잘도 옷을 벗어젖혔는데, 나만 굳이 암막커튼 뒤에 몸을 숨겨서 한쪽 팔을 뺀 다음 체육복에 한쪽 팔을 넣고, 다른 쪽 팔을 마저 벗음과 거의 동시에 나머지 체육복 소매로 쑤셔 넣는 불편한 환복 스타일을 고집했다.

이름 때문이든, 타고난 성격 때문이든 소심하게 살았던 그 순간들을 집요하게 몰아세우려고 내 과거 행적을 돌아보는 것이 아니다. 되돌아보면 공부할 때나 깊은 관계를 맺을 때 정적인 나의 성향이 이로울 때도 많았다. 지금의 나는 그저 부드럽고 너그럽게 과거의 나에 대해 비평하고 싶을 뿐이다. 이건 일종의 변호, 변명, 선제적 방어이기도 하다.

승소 가능성 단 일 퍼센트의 싸움에서 이기는 〈레인메이커〉의 맷 데이먼처럼, 아니면 〈성난 변호사〉의 에이스 변호사 이선균처럼 냉소적인 배심원 전원을 매료시킬 정도로 유능한 변호사들이 나서서 남들이 값싸게 후려친 내 삶을 완전히 뒤집기에 충분한 증거를 들이밀고, 내가 빼도 박도 못하게 완벽한 무죄라고 열변을 토해주면 좋겠다. 하지만 수중에 거액의 수임료도 없고, 변호사님들도 다들 바쁘실 테니 시간 많은 내가 나를 애써서 변호하는 수밖에 도리가 없다. 자신의 평범함 혹은 평범하지 않음 양쪽의 경우 모두에 대해 꾸준하고 열심을 내서 변호해야 한다.

　우리는 타인의 잘못을 지적하는 말들에 겹겹이 둘러싸여 산다. 만인이 평가를 하고, 동시에 그 만인도 평가를 받는다. 요새는 SNS를 통해 한 사람의 인생이 낱낱이 공개되기도 해서 더욱 그렇다. 성공에 얼마나 가까운지를 당사자 허락도 없이 잣대를 대보고, 전문가처럼 가치를 단언하고, 심지어 액수로 매겨보기까지 한다. 그런 날선 말들에는 성급한 흥분이 마구잡이로 섞여 있다. 우리는 나약한 존재여서 어쩔 수 없이 공격에 흔들릴 수밖에 없다.

　그런 상황에서 두 가지 기로에 서게 된다. 스스로를 엄격하게 대할 것인가, 아니면 호의를 가지고 변호할 것인가. 예전의 나는 늘 전자를 택했고, 지금의 나는 주저없이 후자를 택한다.

나를 변호한다는 것은 자신을 향해서 유리한 쪽으로 편파적이라는 의미다. 이때 편파적이란 말은 나를 위해 기꺼이 애써주는 마음의 다른 표현이다. "그렇게 된 데는 어떤 이유가 분명히 있었다"라는 확신을 스스로에게 심어주는 것이다.

그렇게 편파적인 시선이 냉정한 시선보다 오히려 스스로를 정면으로 바라보게 해준다고 나는 생각한다. 후회나 반성, 부러움, 채찍질. 이런 것보다 자신을 따뜻하게 변호하는 것이 지금 내가 할 수 있는 최선이다. 그러면 우리는 자신을 쌀쌀맞게 대하지 않게 된다. 자기 삶과 더 친해진다. 꼭 그 정도로 거창한 깨달음이 아니라도, 분명히 좋은 쪽으로 기분 전환이 된다. 그게 나만의 판타지일지라도 말이다. 아슬아슬한 상황에서도 그걸 돌파할 사람이 나밖에 없어서 홀로 힘을 내야 할 때, 나는 오늘 하루의 마음을 내 쪽으로 붙들면서 알베르 카뮈의 이 말을 떠올린다.

"어떤 죄인이든 무죄인 부분이 있는 법이다."

누구에게나 매일 주어지는 하루

한때 교복처럼 입던 코트 두 벌이 옷장에서 몇 년째 빛을 못 보고 있다. 새 옷들에 밀려 겨울 내내 처박혀만 있었다. 미안하지만, 디자인도 확실히 한물갔다. 흰색 앙고라 코트는 딴에는 비싸게 주고 샀는데 드라이클리닝을 제때 안 해서 누런 기운이 있었다. 그때로 다시 돌아가 쇼핑한다면 무난하게 그레이나 블랙을 고를 텐데. 또다른 코트는 정장 느낌이 과하게 풍겼는데 격식 있는 자리에 갈 일이 거의 없고, 무엇보다도 편한 게 최우선인 지금의 내 코디 철학과는 영 어울리지가 않았다.

그렇다고 그냥 두기엔 그 덩치 좋은 친구들은 안 그래도 비좁은 옷장에서 자리를 많이 차지했다. 나이와 체형에 상관없이 평생 동안 입을 수 있는 코트를 갖는 건 〈트와일라잇〉의 에드워드처럼 영원히 젊은 뱀파이어를 애인으로 두는 것 같은 기적일까. 영혼의 코트를 만나는 판타지를 상상하며 애물단지가 된 옷들을 현관 옆에 내려놨다. 그 상태로 며칠째 구겨져 있으니 남편이 의아해하며 물었다.

"이것들, 언제 버릴 거야?"

'버린다'는 말에 왠지 저항감이 들어서 안 버릴 거라며 고개를 저었다. 서울로 대학을 오기 전까지 이십여 년간 여섯 식구가 좁은 집에서 부대끼며 살았다. 우리 사 남매는 소풍 때마다 메이커가 크게 박혀 있는 옷을 사달라고 엄마에게 난리를 피웠지만, 사실은 서랍장 칸칸마다 옷들이 폭탄계란찜처럼 부풀어 있었다. 언니가 입은 옷을 내가 물려받고, 그 옷이 작아지면 어느새 몸이 나만 해진 여동생이 그걸 입었다.

그렇게 소녀 세 명을 쉴 틈 없이 주인으로 모신 옷들의 은퇴는 초라하기 그지없었다. 엄마가 그걸 바로 안 버리고 걸레로 썼기 때문이다. 걸레짝으로 적합하지 않은 재질의 옷이라도 꼭 한 번씩 바닥을 훔치고 나서 버렸다. 당시 우리 넷은 하루에도 각자 몇 번씩 뭔가를 꼭 엎지르거나 흘렸을 때였으니, 엄마로선 휴지 몇 칸이라도 아껴보자는 마음이었을 것이다. 지금 내가 낡은 옷들을 바라보며 드는 생각은 본질적으로 어릴 적 목격했던 엄마의 몸속 깊이 밴 절약과 닮아 있다. '아, 좀 아까운데. 한 번이라도 입어야 하나.'

버릴까 말까를 고민하는 그 며칠 사이에 해가 바뀌었다. 남편이 이번엔 새해 계획이 뭐냐고 물었다. "올해도 영어공부와 다이어트지"라고 말하고 나서, 조금 우울해졌다.

이 두 가지는 정말이지 인간의 나약함을 늘 깨닫게 한다. 끝이 없다. 매일, 매달, 매해 실패한다. 뇌과학적 조언과 계획 세우기의 요령을 다룬 연구들과 책, 다큐멘터리 등을 봐도 반짝 그때뿐이다. 내년은 올해와는 뭔가 다를 거야, 라는 희망을 가지려던 게 '영어'와 '다이어트'란 단어를 입 밖에 내는 순간 무참히 깨진다. 갑자기 '낡고 오래된 새해'를 받아든 느낌이랄까.

이 두 가지 목표를 달성하려면 사실 방법은 간단하다. 양말 건조대 용도로 둔갑한 실내자전거에 올라타 열심히 페달을 굴리며 빨간 모자 선생님의 유튜브 영어회화 동영상만 잘 보고 큰 소리로 따라하면 된다. 그

걸 오늘 하고, 내일 하고, 모레, 글피, 그글피까지 하면 된다. 그런데 그게 말처럼 잘 안 된다. 실내자전거 옆에는 크고 안락한 소파가 떡 하니 있고, 유튜브는 끝도 없는 알고리즘으로 나를 잡아챈다. 아마 이 글을 쓸 시간에 자전거 페달을 십오 분이라도 굴렸다면 새해 목표에 도달할 확률은 더 높아졌겠지만, 실내자전거 안장과 핸들에는 물기 있는 양말들이 여전히 쌓여 있고 지금 나는 노트북 앞에 등 구부리고 앉아 이렇게 뭔가를 끄적거리고 있다.

(하지 않고 있는) 우리 모두는, 알고 있다.

해야 할 분명한 이유 단 한 가지만 있으면 우리가 해낼 거란 걸. 앞서 내가 세운 두 가지 목표는 냉정히 따지고 보면 해야 할 명확한 이유란 게 존재하지 않았다. 하면야 좋은 것들이었다. 누구에게 좋은가 하면, '다른 사람의 눈에 비춰지는 내 모습'이 좋은 것이었다.

그렇다면 내 진짜 속마음은? '영어는 생존영어가 되

면 그 이상은 필요가 없고, 다이어트 역시 경계선에 가깝긴 하지만 어쨌든 정상체중 범위에 있으니 현 상태를 유지만 해도 되는 게 아닐까.' 이런 반발심이 깊숙이 숨어 있다.

철학자 칸트가 매일 같은 시간 비가 오나 눈이 오나 산책을 했던 것은 골격 기형이라는 운동 동기와 심각한 건강염려증으로 인한 불안감 때문이었다고 한다. 그렇게 강력한 필요만이 강력한 행동을 낳는 것이다. 대다수가 속하는 반대편의 경우는 어떤가. 절실하게 원하지도 않는 목표를 목표인 '척' 가지고서 아등바등하는 나 같은 '보편적인 사람'들로 바글댄다.

이건 좀, 뭔가 잘못됐다. 자꾸 자기 자신을 속이다보면 스스로를 실패자나 우유부단한 사람으로 몰아세우게 되니 말이다. 징글징글한 악순환이다. 그렇다면 내 안의 거짓 목표부터 제거하면, 지금까지 계속 실패했으니 이번에도 실패할 거라는, 이 징글징글한 자기 비하를 걷어낼 수 있지 않을까.

결국 나는 중고거래 앱에 올려도 반응이 없는 그 옷들을 헌옷수거함에 넣었다. 버리고 나니 속이 다 시원했다. 집 안의 해묵은 것들을 대신 정리해주는 TV 예능 프로그램을 몇 번 본 적이 있다. 정리를 의뢰한 출연자들은 마지막에 가서 꼭 눈물을 보였다. 카메라 앞이라 오버한다고 코웃음 치던 시청자 중 한 명이던 내가 이 옷가지 한두 개 버리는 데에도 이리 복잡한 마음이 들고 나서는 그들의 눈물이 조금 이해가 됐다.

그렇게 옷을 버리면서 새해를 맞는 마음가짐도 달라졌다. 이제 낡은 목표들을 꾸역꾸역 새해로 가져오는 대신에 오늘 하루, 이번 주의 결심만 세우기로 했다. 당장 지금 할 수 있는 한 가지를 하면서 내 안의 불안을 가라앉히기. 이것이 올해 결심한 새로운 목표다.

그러다 몇 달이 지나서 또 '내가 그 옷을 왜 버렸지? 왜 한 살이라도 젊을 때 살을 빼지 않았을까?' 하고 후회할지도 모르겠다. 그런 후회가 '찐하게' 들면 그때 가서 하면 된다. 괜히 돌고 돌아 다시 영어와 다이어트로 오는 거 아니냐고, 시간만 허비하는 거 아니냐고 무안을 줄 사람도 있겠지만, '시작 타령'과 '후회'를 되돌이표처럼 반복하는 나 같은 위인들을 향해 대문호 니코스 카잔차키스는 말했다. 인생은 번개처럼 지나가지만, 시간은 충분하다고.

'번개처럼 지나간다'는 건 냉정한 충고다. 하지만 '시간은 충분하다'는 말에서, 실수를 만회할 이십사 시간의 기회가 누구에게나 매일매일 주어진다는, 먼저 살아본 사람만이 건넬 수 있는 공평하고 단단한 위로를 본다.

나는 잘못되지 않았다는 생각

요즘의 나는 자기 극복과 개조를 강요하는 말들과 조금 거리를 두고, 그저 나의 습관을 인정하고 받아들이는 연습을 하고 있다. 습관은 살면서 만들어지고 굳어진다. 할까 말까 처음에는 망설이다가 결정했을 수 있지만, 지금에 와서는 '그냥' 저절로 하고 있는 모든 행동 양식을 말한다. 앉기만 하면 다리를 오른쪽으로 꼬는 것, 상대가 민망할 정도로 눈을 지그시 보는 것, 횡단보도에서 보행자 신호 대신 일 초라도 먼저 바뀌는 차량 신호등만 주시하는 것, 편한 사람들과 밥을 먹을 땐 한 손으로 턱을 괴는 것, 남들이 이해 못 하는 엉뚱한 포인트에서 웃음 터지는 것도 내가 가진 일종의 습관들이다.

한동안 열심히 했는데 유난히 뜻대로 잘 안 풀리는 일이 있었다. 내 탓인가. 운이 없었나. 실력 부족인가. 답이 없는 질문들로 속이 산란해져서 광화문 서점에 갔다. 예쁜 표지를 한 힐링 책들이 많았다. '뭔 이야기인지 알겠는데, 현실은 그렇지 않은데'라는 생각만 들면서 영 와닿지 않았다. 에세이 코너보다 더 붐비는 자기계발서 분야로 발을 옮겼다. 요새 잘나간다는 책 몇 권을 집어서 훑어봤다. 각기 다른 말을 하고 있었지만 다 비슷하게 느껴졌고, 목욕탕에서 울리는 소리처럼 나에게는 희미하고 아득하게 느껴졌다.

책에는 성공한 사람들이 스스로의 성공 이유를 찾는 말들로 빼곡했다. 대체로 이런 메시지들이었다. '성공은 멀리 있거나 대단한 게 아니다. 당신도 마음만 먹으면 다 이룰 수 있다, 내가 바로 증인이다. 내가 할 수 있었으니까 당신도 할 수 있다. 하지만 당신이 나처럼 되려면 한 가지를 바꿔야 한다. 바로 행동이다. 당신의 습관을 당장 바꿔야 한다. 지금보다 더 일찍 일어나고, 세부 목표를 세워 작은 실천들을 반복하고, 일만 시간의 법칙을 깨닫고, 야망을 가지고, 날마다 그 목표를 되새기고, 상대를 사로잡는 대화법을 익히고, 틈날 때마다 메모를 하고.' 등등등.

눈으로 읽기만 하는데도 숨이 턱 찼다. 이건 뭐랄까, "너 왜 아직도 그 모양이냐"고 여러 각도에서 대차게 비난받는 것 같았다. 썰렁한 학교 정문 앞 길을 나 혼자 뛰어가고 있는 지각생이 된 기분이었다. 내가 가지고 있는 습관들이란 게 성공한 인생들이 쏟아내는 메시지들과 얼마나 동떨어져 있는지 새삼 깨닫게 된 순간이기도 했다.

내가 가진 것들과 세상이 나를 향해 요구하는 것들, 이 둘의 큰 차이를 일깨워주면서 나로 생겨먹은 인간이 결코 가질 수 없는 것들을 가지라고 강요하는 건 아닐까 하는 의문과 반발심이 들었다. 소중하고 귀한 내 무언가를 폄훼하는 것은 아닐까.

요즘의 나는 내가 좋아하고 싫어하는 자잘한 것들, 감정이 출렁이는 순간을 자주 생각한다. 작은 것에 짜증을 내서 분위기를 얼어붙게 했던 부끄러운 연애 시절과 〈다큐 3일〉에 나온 주름진 얼굴의 할머니를 보고 갑자기 혼자 펑펑 울었던 순간이 문득문득 떠오른다. 무심결에 내가 자주 쓰는 '아무래도'와 '그러려니' 같은 끝이 무딘 단어들도 떠오른다. 한 시절 가까웠던 친구들의 얼굴이 하나하나 떠올랐다가 지워진다. 소파와 하나가 되는 게으른 일요일 오후도 생각난다. 그것은 누구에게 자랑할 건 아니다. 찌질하기도 하다. 그렇지만 부끄럽지도 않다. 쓸모만이 존재 이유가 아니다. 내가 소중하게 여기는 습관들은 이렇게 모두 작고 무쓸모한 순간들이다.

그런 순간들은 내가 남과는 똑같지 않은 '무언가'를 분명히 하고 있다는 것을 말해준다. 그런 순간들이 바로 나의 '습관들'이다. 사라지지 않고 내 몸에 스며든 것들. 쉽게 부서지거나 망가지지 않는 유일한 것들.

우리의 생각도 결국엔 습관의 소산물이다. 매사에 모든 걸 고민하고 행동하는 것 같지만 곰곰이 생각해보면 그렇게 결정한 이유를 자신조차도 제대로 설명할 수 없는 경우가 허다하다. 아니, 나로 말하자면 대부분이 그렇다. 크게 생각하고 결정하지 않고, 대부분은 저절로 하게 되는 것투성이다.

내 습관을 찬찬히 돌아보는 것은 스스로를 고쳐야 할 교정의 대상이나 발전해야 할 자기계발의 존재로서 혹독하게 채찍질하기보다는 내 사고의 작은 연속성을 더듬으며 경험의 뿌리를 찾아나가는 일이었다. 내가 겪었던 독특한 일들이 내 몸에 어떤 기억을 남겨서 나를 움직이고 있는지를 알아가는 일이었다. 폭력적인 시선들을 지우고 나의 고유성을 인정하는 일종의 시선 훈련이기도 했다. 그렇게 나는 내 사고방식들을 찬찬히 돌아보며 조금씩 나를 설득해나갔다. 나를 겨냥한 화살에도 뚫리지 않는, '나는 잘못되지 않았다'라고 새겨진 단단한 방패를 세우기까지.

고수관

수궁가를

판소리인

영어에 에피파니epiphany라는 단어가 있다. 원래는 종교적으로 '신의 출현'을 의미하는 말이었지만, 제임스 조이스가 '일상에서 갑자기 얻게 되는 깨달음'이란 의미로 자신의 소설에 사용하면서 '귀한 것이 나타났다'는 뜻으로 범위가 넓어졌다.

어느 휴일 오후였다. 당직 근무를 서고 있는데 보도국으로 전화가 왔다. 아버지가 작년에 돌아가셨는데 우리 채널 낮 시간대 뉴스에 나왔다고 했다. 서둘러 뉴스가 나간 날짜와 시간을 찾아보다가 한 장면을 발견했다. 번화가에서 사람들이 물결을 이루며 걸어가는 모습을 원거리에서 촬영한 풀샷이었다. 나와 통화했던 그가 말한 장면이었다. 그런데 아니, 여기서 그 한 사람을 딱 발견할 수 있다는 게 놀라웠다. 나는 그 시청자에게 다시 전화를 걸어 사과를 하고, 그 자료화면을 영구 삭제했다. 그는 아버지를 봐서 반갑기도 했지만, 동시에 가슴이 아프기도 했다며 영상을 지워줘서 고맙다고 했다.

뉴스 리포트를 만들 때 모든 컷을 매일 촬영한 것으로만 쓰는 경우는 의외로 많지 않다. 기사 문장에 따라서 기존에 찍어놓은 자료화면을 섞어서 쓴다. 대표적인 것이 군중 컷이다. 대체로 서울 명동 한복판처럼 사람들이 강물처럼 흘러 다니는 컷을 촬영해 쓴다. 한 명의 얼굴이 특정되지 않고, 계절감이 뚜렷하지 않아서 어디든 가져다 쓸 수 있어 여러모로 유용하다. 여론조사나 소비자 심리 같은 내용을 리포트할 때 대표적으로 많이 쓰인다.

그 인파 속 아버지의 모습은 오로지 자녀만이 알아볼 수 있었을 것이다. 우리 삶에서도 약속 장소에 먼저 나가 기다리면서 저쪽에서부터 오는 사람에 카메라 포커스가 맞춰지듯이 한 번에 바로 알아본 경험이 몇 번쯤 있을 것이다. 사랑하는 사이라면 더욱 그렇다. 돌아가신 아버지를 군중 속에서 찾아낸 그 순간을 말하는 그의 떨리는 목소리에서 말하지 않은 더 많은 서사가 느껴졌다.

가까운 존재에 대해 생각하게 되고, 내 가족과도 그

렇게 연결되어 있다는 강력한 기분에 사로잡혔던 그 날 오후가 나에겐 에피파니의 순간이지 않았을까 싶다. 지금 곁에 있는 사람들이 언젠간 부재不在하리라는 것을 진지하게 생각하게 됐으니까 말이다.

이런 에피파니의 순간은 항상 느낄 수 있는 것이 아니다. 그러므로 이런 순간이 찾아올 때 누군가에게 고백을 해야 한다. 다른 사람에게 나의 것을 말할 때, 그 것은 비로소 온전한 나의 것이 되기 때문이다. 비록 상대가 시큰둥하게 받아들이고, 내가 기대했던 반응이 아니라도 말이다. 우리의 감정은 제 주인을 만나야 기억이 된다. 정확한 단어를 찾아서 말을 하려고 애쓰는 그 순간이 있어야 에피파니가 완성이 된다. 그래서 우리는 고백을 멈추지 말아야 한다.

말로 하는 것 말고 다른 방법도 있다. 차분하게 글로 쓰면서 내 감정을 섬세하게 풀어놓는 것이다. 그제야 온전하게 빛나는 에피파니가 된다. 글로 쓴다는 것은 그 짧은 기운을 오래 유지할 수 있는 행위다. 기억에는 한계가 있다. 지나고 나면 대부분 시들시들해진다. 그 예민한 감각과 순간의 강력했던 내 느낌을 써 내려가다보면 그때를 두 번째로 경험하는 것과 같다. 시간이 지나고 나서 그 글을 읽으면 언제고 그때가 되살아난다.

이런 에피파니를 기록한 순간들이 더 많이 쌓이게 되는 것, 이것이 나를 일상에서 지치지 않게 한다. 내가 십 년간 썼던 수천 건의 기사들보다 자기 고백적인 글 한 편에서 훨씬 더 큰 충족감을 느꼈던 이유이기도 하다.

에피파니의 순간은 아주 짧고, 나머지 일상은 지루하다. 그 지루한 시간을 잘 버티려면 좋은 순간을 기억하고 곱씹고 추억하는 길밖에 없지 않을까. 아주 긴 인생에서 순간에 집중하는 건, 충만함이라는 귀한 감정의 수명을 늘리는 길이다. 귀찮더라도, 더 자주 쓰자. 그 감질나도록 짧은 순간들을.

자

얼
왕

지
않

믿
뭐
이

2020년은 도저히 오프라인 강의나 대면 행사를 할 수 없는 상황이어서 몇 번의 온라인 관련 일을 했다. 그중 하나가 도서관에서 진행한 《선량한 차별주의자》 저자 김지혜 교수님의 온라인 북토크 진행이었다. 일 년 만에 십만 부가 팔린 베스트셀러 작가인 교수님은 내 책의 마지막 부분을 언급하며 잘 읽었다고 라이브 초반부터 덕담을 해주었다. 다정한 말에 취약한 나는 이미 이때 교수님께 푹 빠져버렸는지도 모르겠다.

그렇게 마음이 무장 해제된 나머지 '눈먼 돈'이나 '결정 장애' 같은 말로 시청자나 독자들의 항의를 받았던 부끄러운 경험들, 내 지난 글에서 보였던 차별적 언어들에 대한 자기반성을 줄줄이 늘어놓으며 고해성사를 했다. 스스로 경계하면서 말하자는 데는 지극히 공감하지만 그걸 실천하려고 들면 얼마 안 가서 피로감이 들어버린다고, 이런 나를 어쩌면 좋으냐고도 물었다. 교수님은 잔잔한 미소를 띠고, 그런 독자들의 반응도 충분히 이해한다고 했다. 완벽한 건 없고 자신도 늘 배우고 고치려 노력할 뿐이라고 말했다.

한 시간 반의 온라인 북토크가 끝나고 잠깐 교수님이 도서관 관계자들과 대화할 때였다. 나는 교수님 책에 사인을 받으려고 어정쩡하게 옆에 서 있었다. 교수님은 무슨 말을 하다 말끝에 "그래 보여요"라고 했는데, 곧 아차, 하면서 말을 고쳤다. "그게 왜요?" 묻자 '보인다'는 말을 '안다'는 것과 같은 의미로 쓰는 것도 우리 언어에 숨어 있는 일종의 차별일 수 있다고 했다. 눈이 보이지 않는 사람들을 위해서 대체할 말이 있으면 그걸 쓰는 게 더 낫지 않겠냐면서.

책의 내용과 저자의 성품에 깊이 감동받고 감화된 나는 행사장에서 나오면서 평소에 아무 생각 없이 습관처럼 썼던 차별적인 언어를 앞으로는 쓰지 않기로 단단히 마음먹었다. 단어와 말투가 누군가에게는 상처를 끼칠 수 있다는 걸 생각하고 나니 함부로 할 수가 없었다. 그런데 말 한마디 한마디에도 긴장하다 보니 얼마 못 가서 피곤하고 귀찮아졌다. 그동안 너무 '언어 근육'을 쓰지 않았구나 하는 생각이 들었다.

반대로 어떤 언어 근육은 과부하가 걸려 있다는 것도 알게 됐다. 어떤 말은 차라리 하지 않는 편이 나을 때가 있다. 어쩌면 우리가 날마다 하는 말 대부분이 하지 않아도 될 말, 해서 후회할 말들인지 모른다. 어떤 말을 해야 할지, 고민이 깊어지던 와중에 레이먼드 카버의 《풋내기들》을 읽다가 말로 하지 않아도 느껴지는 깊은 위로의 대목을 발견하고 멈췄다.

꽤 길게 느껴진 시간 동안 로라는 내 눈을 응시했고, 그러고는 고개를 끄덕였다. 로라가 보낸 몸짓은 그게 전부였지만, 그걸로 충분했다. 로라가 내게, 걱정하지 마요, 이것도 지나갈 거고, 우린 다 잘될 거예요, 두고 봐요, 하고 말하는 듯했다.

내가 원하는 말이란, 왜냐고 묻는 대신에 그렇게 가까이에 있어주는 몸짓에 가깝다.

그러나 현실은 정반대가 많다. 내 친구 D는 친형과 우애가 좋은데, 그만큼 상처도 많이 받는다. 고민이 생겨서 술 한잔 기울이며 말을 꺼내면 형의 반응이란 게 "난 안 그런데"라는 식이기 때문이다. 난 안 그런데, 넌 왜 그런 걸로 상처를 받니. 난 안 그런데, 넌 나약하게 왜 그러니. 난 안 그런데, 왜 그런 실수를 했니. 그말은 듣는 D는 더 이상 말하고 싶은 생각이 들지 않아서 지퍼처럼 입을 꽉 다물어버린다.

그렇다면 상처를 받은 사람에게 우리는 어떤 말을 해야 할까.

미국 메이저리그에서 역대급 오심을 내린 주인공으로 심판 짐 조이스가 종종 거론된다. 투수의 퍼펙트게임을 자신의 오심으로 망쳐버린 것이다. 그는 "아웃!"이라고 외쳐야 할 때 "세이프!"를 외쳐버렸다. 그를 향한 백악관 성명까지 나오며 온 국민이 그를 맹렬히 비난했다. 너무 충격을 받아 패닉 상태인 그가 다음 경기를 앞두고 비행기를 탔을 때 항공사 수하물 처리 직원이 그의 수하물 태그에 이렇게 써주었다고 한다.

"We are all human. Good luck.(우리는 모두 인간입니다. 행운을 빌어요.)"

우리 누구나 실수를 할 수 있다는, 그 스쳐가는 인연의 다정한 한마디 메모에 그는 깊은 위로를 받았다고 나중에 털어놓았다. 괜찮다는 말, 잊으라는 말, 대신 싸워주는 팬의 응원보다도 가슴에 와 닿는 위로였다고 고백했다.

이렇게 온기 있는 사람들의 위로를 전해들으며 나 자신의 언어를 돌아본다. 내 말이 무해하기를, 상처 입은 누군가에게 '우리 모두는 늘 실수를 저지르는 인간일 뿐'이라 다독일 줄 알고, '우린 다 잘될 거예요'라는 반짝이는 눈빛을 보낼 수 있는 사람이 되기를.

지리산

저혈한

니이 한양에

내 돈 주고 사기엔 아깝지만, 있으면 좋을 것 같아서 갖고 싶은 것. 이것이 많은 사람이 선물을 고르는 기준일 것이다. 나 역시 이 기준에 정확히 부합하는 선물을 크리스마스 선물로 받았다. S사의 최신형 무선 이어폰이었다.

2016년 무선 이어폰이 처음 등장하고, 많은 사람이 유선에서 무선 이어폰으로 갈아탔지만 나는 꿋꿋하게 팥죽색 유선 이어폰을 쓰면서 살았다. 새 무선 이어폰을 귀에 꽂고 오랜만에 어반자카파의 음악을 인기순으로 정렬해서 플레이했다. 버스정류장 앞 횡단보도에서 신호를 기다리고 있다가 갑자기 눈물이 핑 돌 뻔했다. 내 인생에 사운드트랙이 깔린 느낌이 들었다. 유선 이어폰으로 들을 때와는 음감이 전혀 달랐다. 내가 매일 지나는 이 공사장 옆길이 영화의 한 장면이 되고, 배경음악이 유쾌하게 흘렀다. 아, 너무 좋다. 그러면서 문득 생각이 났다. 내가 음악을 좋아하는 가장 큰 이유가.

그건 한마디로 단절감이었다. 내 방도, 내 물건도 딱히 정해진 게 없는 세상에서 내가 내 공간과 내 시간을 만들 수 있는 것은 책 아니면 음악뿐이었다. 이어폰을 끼고 있으면 음악은 큰 벽이고, 유일한 내 방이 되어주었다.

고등학교 때 공부를 곧잘 하는 편이어서, 음악을 들을 때 조금 특혜가 있었다고 생각한다. 내 기분일지도 모르겠지만, 이어폰을 끼고 있으면 영어 리스닝 문제를 풀고 있나보다 생각하는지 선생님들은 별 터치를 하지 않았다. 다른 아이들이 이어폰을 끼고 있으면 갑자기 뽑아서 귀에 대보고 음악이나 라디오면 바로 끄라고 했는데 말이다. 한창 인기 있는 아이돌이 라디오 프로그램에 나오는 날에는 교실에 있는 모두가 이어폰 줄을 머리칼 사이로 요령껏 숨기고 들었다. 가끔은 교실에서 동시에 쿡 하고 어깨가 들썩이고, 친구들과 서로 눈을 마주 보며 무음 모드로 박장대소하기도 했다.

음악 그 자체보다 그런 곁다리의 느낌을 좋아하는 내 태도는 대학교 때도 이어졌다. 신입생 때 어느 동아리를 들까 하다가 '고전음악 감상실'이라는 곳에 가입했다. 취업 준비를 하기 전까지 꼬박 삼 년 동안, 그 작고 어두운 공간에서 클래식 음악 신청을 받고 곡을 틀었다. 사실 클래식은 내 관심사가 아니었다. 그저 일주일에 서너 시간씩 어두운 DJ부스에 틀어박혀 엘피판을 조심스럽게 올려놓고 불을 끈 채로 가만히 웅덩이 물처럼 고여 있고 싶었을 뿐.

좀 다른 이야기지만, 회사에서 기자들이 종종 이어폰을 이런 용도로 사용한다. 이어폰을 꽂고 있으면 말을 건네기가 뭣하다. 회사에서는 누군가가 시도 때도 없이 말을 걸기 때문에 촬영본을 듣고 있는 것처럼 이어폰을 장착하게 된다. 아마 방송사 보도국에서만 볼 수 있는 특이한 광경일 것이다. 물론 개의치 않고 이어폰을 뚫고 큰 소리로 말을 하는 상사들도 존재한다. 동료들은 그러면 이어폰 한쪽만 어색하게 빼고 "예?"라고 매뉴얼처럼 되묻곤 했다.

아무튼 내게 이어폰은 차단막이고, 음악은 나에게

차단을 위한 백색소음이다. 그렇기에 한참을 들어도 내가 한 시간 동안 무슨 음악을 들었는지 기억해내지 못할 때도 있다. 뭔가를 하다보면 집중이 안 되기 때문이다. 조금이라도 뭔가에 집중을 하면 음악은 잘 안 들린다.

나는 음악을 좋아하냐는 질문을 들을 때마다 지난 개인사를 반추하면서 순간이긴 하지만 꽤나 복잡한 심경이 된다. 그래서 "그럭저럭"이라는 쓸모없는 답변으로 얼버무린다. 한때 진심으로 나를 살려준 게 음악이지만, 클래식이나 재즈, 팝, 케이팝 등 음악의 장르에 대해선 구체적으로 아는 게 거의 없다. 특정 기간 내 삶에 엉겨 붙어 있는 몇 가지 노래 말고는 멜로디도 잘 기억해내지 못한다. 나를 안아주고 위로해준 노래이지만, 제목이나 가수 이름은 전혀 기억하지 못해 미안하기도 하다. 마치 식당에서 잘 먹고 나서 돈을 떼먹고 달아난 기분이랄까.

평소와 다른 일상을 보내게 된 요즘에는 집에 있는

시간이 압도적으로 늘었는데 아무것도 하지 않고 가만히 있으면 이런저런 소음을 많이 듣는다. 냉장고의 전생이 훌리건이었을 것이라는 박민규 소설 속 구절처럼 냉장고는 가끔 우웅 하는 소리를 낸다. 꺼진 티브이에서도 가끔 장작 타는 것처럼 타다닥거리는 소리가 난다. 집에서 가장 자주 소리를 만들어내는 건 얼음 정수기다. 때가 되면 다 만들어진 얼음이 떨어지는 소리가 마치 강아지가 뭔가를 만지다 내는 부스럭 소리처럼 들린다. 그런 잡음이 좋다. 혼자 있는 게 아니라는 생각이 들기도 하고, 이 집에서 생물은 꼭 나뿐만이 아니라는 생각이 들기도 한다. 체온이 없는 무생물들이 저마다 체온이 있는 것처럼 느껴지기도 한다.

그런 내게 음악 역시, 미안하지만, 좋은 잡음이다. 조용하지도 시끄럽지도 않은 상태와 자극 말이다. 편안한 어수선함. 그런 소리의 자극이 있기도 하고 없는 것 같기도 한 기분으로 내 곁에 있어주는 존재. 이것이 세상과 나의 적당한 거리 두기일지도 모르겠다.

옮긴이 후기

옮긴이,

오후에 출근하는 남편은 결혼 후 내 생활을 흥미롭게 관찰하더니 어느 날부턴가 갑자기 날 "정 이병!"이라고 부르기 시작했다. 밀리터리 덕후도 아닌 그가 나를 병사에 비유한 건 여러 이유가 있었지만, 그중 가장 큰 이유는 내 하루가 내무반 생활처럼 시작돼서라고 했다. 실제로 나는 정해진 기상 시간이 되면 부적이 떨어진 강시처럼 갑자기 침대에서 벌떡 일어났다. 그러곤 전투하듯이, 오 분 샤워를 했다.

어쩌면 샤워라는 업무를 신속하게 처리했다고 표현하는 게 더 정확한 말일지도 모르겠다. 매일 아침 신문 방송 리뷰와 기사 계획을 보고해야 하는 기자의 업무 특성 때문에 보통 직장인보다 출근을 빨리했다. 늘 피로했고, 날마다 지쳐서 곯아떨어졌다. 일 분이라도 더 침대에 누워 있고 싶으니 반드시 일어나야 하는 시간에 알람을 정해놓는다. 그때는 일어나지 않으면 안 되는 시간이다. 마지노선까지 잔 만큼 샤워 시간은 가능한 한 줄인다. 양치를 하고, 머리를 감고, 몸을 씻는 세 가지 과정이 동시에 이뤄진다. 샴푸와 치약과 오줌이

섞인 거품이 몇 분 사이에 한데 뒤섞여 물줄기를 따라 배수구로 쉴 새 없이 빠져나갔다.

그게 십 년 넘게 반복된 내 아침 일상이었다. 직장 생활은 하나의 거대한 루틴이다. 해외 연구를 보니 우리가 하루에 하는 행동의 사십 퍼센트는 습관으로 분류할 수 있다고 한다. 어지간한 한국 직장인의 경우는 습관의 비중이 족히 팔십 퍼센트는 되지 않을까 싶다. 당장 아침에 일어나는 것부터가 그렇다. 출근 시간이 정해져 있으니 피곤하다고 더 잘 수도 없다. 일을 처리하고 점심을 먹고 퇴근과 야근을 하고 집에 돌아가는 그 순간들이 매일같이 반복되는 습관 덩어리 같다.

나는 십 년 넘게 하던 기자 일을 그만두고, 퇴직금을 최소한의 생활비 삼아 헐어 쓰면서 이 년 동안 에세이 두 권을 출간했다. 간간이 특강, 글쓰기 수업도 했다. 그러자 자연스럽게 내 하루 사이클이 느슨해졌다. 사람은 덜 만났지만 갑갑하거나 외롭지 않고 프리랜서가 체질인가 싶을 정도로 좋았다. 무엇보다 내가 나를 고용한 상황이 좋았다. 관대한 상사가 돼서 유일한 직원인 나를 대해주었다. 출퇴근 시간이 따로 정해져 있지 않았지만 나름의 원칙을 세워 공용오피스나 집 주변 카페에서 시간을 유연하게 썼다.

내가 언제 회사를 다녔던가 싶을 정도로 직장인 생활이 어렴풋하게 느껴지던 어느 날. 오전 아홉 시쯤 샤워를 하고 드라이기로 머리를 말리는데 남편이 곁으로 와 난데없이 말을 건넸다.

"드디어 바뀌었네."
"어? 뭐가?"
"샤워 천천히 하는 데 일 년이 걸렸다고."
"……그런가?"

멋쩍게 대답했지만 윙윙거리는 드라이기 소리에 묻혔는지 우리의 대화는 거기서 멈췄다. 어떤 소설에서 이런 문장을 본 적이 있다. '바꿀 수 없는 것들에는 과거, 현재, 미래가 있었다.' 이 말을 읽으며, 꼼짝 못 할 정도로 끈적한 우울이 담겨 있는 말이라고 생각했다. 그런 우울은 나에게도 익숙한 것이었다. 아무것도 바뀌지 않았고 바꿀 능력도 없는 나를 꼬집는 말 같기도 했다. 그런데 그날 아침 남편의 말을 듣고 나서 습관에 대해 뭔가 중요한 걸 깨달은 느낌이었다.

습관이란 건 이렇게 천천히 바뀌는 거구나. 내 의지가 아니라 환경이 나를 천천히 스미듯이 바꾸어 나가는구나. 그리고 정작 당사자인 나는 어지간해서 바뀐지도 모르는구나. 아주 천천히 조금씩, 스미듯이 느리게. 그러나 바뀌어야 하는 거라면 끝내는 바뀌고야 만다는 것도. 내 샤워는 그 뒤로 점점 시간이 늘어서 지금은 이십 분까지 늘었다. 가끔은 여유 있고 즐거운 기분이 들어 물줄기를 한참 맞고 있을 때도 있다.

습관은 우리가 오랫동안 해온 행위 양식이다. 누군가가 습관을 지적하는 그 행간에 "넌 지금 잘못하고 있어!"라는 식의 비난이 숨어 있다. 습관이 의지로 단박에 고쳐진다고 말하는 사람들 대부분은 그런 비난에 앞장선다.

습관이 우리 의지에 따라 바뀔 수 있다고 무한한 가능성을 강조하는 것은 자본주의의 대표적인 속성이다. 개인의 의지 강도에 따라 순식간에 얼마든지 습관이 바뀔 수 있다고 널리 퍼진 믿음부터 거둬들여야 한다. 환경이 바뀌면 금세 우리의 행동이나 생각이 바뀔 것 같지만, 대부분 그렇지 않다. 우리의 예상보다 훨씬 더디다.

습관을 지금 당장 바꾸려고 하면 습관은 우리에게 열패감만 안겨준다. 마음처럼 바뀌지 않기 때문이다. 습관을 바꿔보겠다며 마음을 단단히 먹고 자신을 모질게 채찍질하면 인생은 치열한 전투가 되고, 우리는 처참한 패잔병이 되고야 만다. 습관은 그렇게 순식간에 바뀌는 만만한 친구가 아니다.

습관은 바꾸는 것이 아니라 바뀌는 것이다. 그것도 잘 보이지 않을 정도씩만 바뀐다. 머리를 쾅 내리치는 충격을 받아 하루아침에 사람이 백팔십도 바뀐다는 건 판타지에 가깝다. 대부분 나중에 깨닫는다. 아, 어느새 내 몸에 스며들어 있구나, 하고. 습관이 어떤 물

성을 갖게 된다면 액체일 것이다. 아주 느리게 번지고
스며드는. 그러면서 우리 몸 어딘가를 간지럽게 하는.

묘

치호

이
룔
팡
옴
타

그날 아침, 나는 돼지족발을 들고 가기로 약속이 돼 있었다.

지방의 한 교육대학에 딸린 초등학교에 다녔다. 선생님들은 실습 나온 이십대 초반 교생들을 교실 뒤에 벌서듯 세워두고 신新교수법을 적용한 시범수업을 자주 했다. 각진 얼굴 느낌만 어렴풋이 기억나는 한 선생님은 노래를 세 배속으로 부르면 멜로디가 훨씬 잘 외워진다는 가설을 실험했다. 애꿎은 우리는 그 일 년 내내 노래를 래퍼처럼 허겁지겁 불러야 했다.

내 기억에 육학년 일반 담임교사 J의 당시 교육 실험은 성적 향상법이었다. 매주 쪽지 시험을 보게 하고 그 일주일 성적에 따라 일등과 오십등, 이등과 사십구등, 삼등과 사십팔등…… 이런 식으로 매주 짝꿍을 바꿨다. 그러다 일등과 꼴등끼리는 서로 다른 언어권 외국인끼리 앉혀 놓은 것처럼 뻘쭘할 뿐이란 걸 뒤늦게 깨닫고선 아차 싶었는지 세부전략을 수정했다. 오십 명을 네 덩어리로 나눈 다음 일등과 십이등, 이등과 십일등, 삼등과 십등…… 이런 식으로 근거리 등수끼리

짝을 맺어서 앉힌 것이다. 실제로 그 방법이 우리 안에 쿨쿨 자던 경쟁심을 흔들어 깨워서 유의미한 성적 향상으로 이어지게 했는지 어떤지는 모르겠다. 어쨌든 오십÷사로 시작하는 그의 자리 배치 공식은 졸업 때까지 내내 이어졌고 문제는, 이 시기 나의 시험 점수로 인해 내가 교실 가장 안쪽 맨 앞, 그러니까 선생님 책상 코앞에 있는 자리에 종종 앉게 되었다는 거다. 내 십이 년 학생 인생을 통틀어 두 번은 오지 않았던 성적 황금기였다.

졸업을 앞두고 학교에서는 빅이벤트를 계획했다. 바로 '타임캡슐 묻기'였다. 1990년대 후반이라는 세기말 분위기 때문이었는지 타임캡슐 행사는 곳곳에서 열풍이었다. 졸업생 모두 각자 꿈을 적고 그걸 타임캡슐로 지칭되는 공룡알 모형 안에 넣어서 묻고, 여기에 이십 년 뒤 졸업생들이 학교에 다시 모여 '드림스 컴 트루'가 됐는지 캡슐을 열어본다는 감동 서사까지 추가됐다. 이벤트 설계자가 담임 J였다.

"엄마에게 말씀드려서 이날 족발을 가져오너라."

J가 맨 앞자리에 앉은 나에게 한 말이었다. 타임캡슐을 묻고 나서 복을 비는 고사를 지내야 한다는 거였다. 돼지머리 대신 약식으로 족발을 두고 절을 하겠다고 했다. 당시 우리 아빠는 하루 일당으로 생활비를 벌었고, 엄마는 부업으로 아침부터 밤까지 방에 틀어박혀 기관총같이 생긴 기계로 맹렬하게 흰 천에 자수 바늘을 찔러대고 있었다. 내성적인 아이가 웃자라기 최적의 환경이었다. 결국 나는 그날 빈손으로 등교했다.

J는 일을 망쳤다며 아이들 앞에서 나를 노려봤다. 교무실에서 엄마에게 따로 항의 전화를 했는지도 모르겠다. 어쨌든 그날 우리 반 모두는 색도화지 왼쪽에 나중에 커서 뭐가 되고 싶은지를 써넣고, 오른쪽엔 그 꿈이 이뤄지는 장면을 그렸다.

이 낡은 기억을 지금까지 담고 있는 건 고사용 족발을 안 사 가서 된통 혼이 난 것 때문이 아니다. 노기 어린 눈초리를 억울하게 받아내야 했기 때문도 아닌 것 같다. 이때를 후회하는 건, 내가 그 와중에 타임캡슐 종이에 꿈을 선생님이라고 적어내서다.

지방의 작은 도시에 태어난 나는 그때까지 대통령, 판사, 검사, 의사, 과학자…… 등등 책이나 TV에서 본 직업들만 알고 있었다. 하지만 내 주변에 실제로 그런 직업을 가진 사람은 없었다. 아빠의 직업은 자주 바뀌었던 것 같고, 그때마다 집안 분위기는 불안정했다. 주변에 나 이런 일 하는 사람입네 하면서 자랑스러워할 만한 위인은 없었다. 한 줌이라도 권력이 있어 보이는 건, 그 시절, 시골 여자아이의 눈에 그나마 선생님뿐이었다. 족발을 사 오지 않았다며 J의 언짢아하는 눈초리를 피해 몸이 움츠러들면서도 선생님이 장래희망이라고 또박또박 정성을 담아 적었던 그 세 글자가 마치 밀봉되듯 내 기억 속에 보존되어 있다.

십대 후반과 이십대 초반의 사건들이 기억에 가장 확고하게 남는 현상을 심리학에서는 회상 효과 Reminiscent effect라는 용어로 설명한다. 우리 인생에서 처음 겪는 일들은 더 시간이 길게 느껴지고, 나중에 겪는 비슷한 일들은 머리에 잘 남지 않는다. 오랜 과거인데도 어린 시절 일들이 더 생생하게 다가오는 것이다. 그래서 열 살 아이의 일 년과 구순 노인의 일 년은 같지 않다. 어른이 겪는 최근의 일들은 이미 전에 해본 것이기 때문에 기억이 단순하고 밋밋하지만, 어릴 때 처음 겪는 일들은 그 눈빛, 숨결까지 기억으로 남는다.

나는 종종 이 회상 효과에 꼼짝없이 사로잡히곤 한다. 내 몸에 밴 절약, 이유 없는 초조함, 야망 없음, 탐내지 않음, 자기 비하까지, 이런 모든 가난의 냄새를 풍기는 것들이 어쩌면 내 어린 시절 때문은 아닌지 생각한다. 앞으로 이 뿌리 깊은 기억들에서 벗어나기 위해 얼마나 많은 각성이 필요한 것일까. 아득한 기분에 빠져든다.

사람은 본질적으로는 회상에서 영영 벗어날 수 없는 존재다. 인생이란 건 과거, 현재, 미래로 이루어지지만 미래는 아직 오지 않았고 현재는 어떤 의미가 있는지 지나봐야 알 수 있다. 셋 중 과거가 단연 힘이 세다. 종종 과거를 떠올리는 건 나만이 아닌 듯싶다. 글쓰기 수업을 할 때마다 느꼈다. 많은 사람들이 자신의 글에서 십대 시절 이야기를 아주 길고 자세하게 묘사한다는 것을. 반세기가 넘는 그동안에 정말 많은 일을 겪었을 텐데 어릴 적 어머니가 한 말, 아버지가 포옹할 때 품에서 나던 냄새, 뛰어놀던 골목길의 분위기, 가장 친했던 친구들까지. 육칠십대가 다 되어서까지 그 기억에 대해서만큼은 마치 어제 일처럼 또렷하게 말하곤 한다.

그렇게 누구든 자기 자신을 설명하다보면 반드시 어릴 때의 시절과 형편을 마주하게 된다. '나는 어쩌다 이런 내가 된 거지?' 나란 사람의 형성 과정을 플래시백으로 생각하다보면 인과 관계의 공식을 수도 없이 숙련공처럼 척척 만들어낸다. 나름 제 식대로 하나의 작은 사건을 끝내 잇고 또 이어서 어떤 결과로 반드시 연결시키고야 만다. 그렇게 하다보면 진실이든 아니든 큰 상관은 없어진다.

회상으로 시작된 과거를 타고 내려가며 자신의 인생에 대해 골똘히 생각하는 것은 압축된 마음을 하나하나 펴보는 과정이기도 하다. 긍정적이기도 하다. '남들이 나를 어떻게 생각할까'에서 벗어나서 '나는 나를 도대체 어떻게 보고 있는지'가 궁금해지기 때문이다.

문득 인터넷에서 그 학교 이름을 검색해 찾아보았다. 와아. 나도 모르게 탄성을 질렀다. 그 초등학교에서 지금까지도 타임캡슐을 땅에 묻고 있었기 때문이다. 물론 더 이상 고사를 지내지는 않겠지. 음…… 설마?

2부

지금의 나를 만든
소중한 시간들

지능은 지식을 믿지 않는다

피아노는 여러모로 인생 첫 악기로 제격이다. 플루트나 색소폰 같은 관악기는 아무렇게나 불면 소리조차 제대로 나지 않을뿐더러 헛심을 쓰다가 금세 숨이 턱까지 찬다. 산소 부족으로 편두통까지 올 수 있다. 북이나 드럼 같은 타악기는 어떤가. 진입장벽이 높지는 않지만 싫증이 나기 쉽다. 소리가 커서 집에서 연주하기도 곤혹스럽다. 현악기는 정말 아름다운 소리가 나지만 연주자에 따라서 소리가 천차만별. 한순간에 호러 영화에 어울릴 만한 소음이 되기도 한다. 이웃에 사는 초보자의 지독한 바이올린 소리에 시달려본 사람은 무슨 말인지 잘 알 것이다.

이런 악기들과 다르게 피아노는 일단 손가락으로 누르기만 하면 제대로 된 소리가 난다. 더듬더듬 한 음씩만 눌러도 그것대로 듣기에 거북하지가 않고, 은은한 맛이 있다. 또 피아노를 치면 우리의 입이 자유롭다. 피아노를 치면서 수다를 떨 수도 있고 노래를 부를 수도 있다는 얘기다. 문득 피아노가 현악기인지 타악기인지 궁금해서 백과사전에서 검색해보니 건반을 눌러서 현을 때린다고 하여 '타현악기'로 분류되어 있다. 현악기의 아름다운 소리에다가 타악기의 심플한 연주법의 장점을 겸비한 악기의 왕답다. 여기에 빼놓을 수 없는 장점 한 가지 더. 피아노는 한 자리에 고정이 돼 있어서 공간에 대한 기억과 함께 남는다는 것.

피아노에 관한 첫 기억은 내가 살던 골목 어귀의 피아노학원이라는 '공간'이다. 초등학교 때 다녔던 그곳은 피아노 소리는 종종 끊겨도 아이들 말소리만큼은 끊이지 않았다. 유리로 된 미닫이문을 옆으로 밀면 '드르륵' 소리와 함께 명랑한 소리들이 정신없이 쏟아졌다. 검은색 필름지를 붙여서 밖에서는 안이 안 보였는데, 안에서는 안쪽을 보려고 기웃대는 바깥사람들이 잘 보여서 뭔가 견고한 아지트 같은 느낌이었다.

학원은 두 대의 피아노가 있고, 두 계단 올라가면 피아노 선생님 가족이 사는 큰 단칸방이 나왔다. 그 방 한쪽 벽에 피아노 한 대가 더 있었다. 선생님이 잠깐

자리를 비우면 방 안에서 피아노를 치고 있는 친구 옆으로 가서 놀았다. 콜라에 치아를 넣으면 녹아내린다는 말이 어른들이 만든 괴담인지 알아내기 위해 엿 먹다 빠진 친구의 송곳니를 콜라에 담가서 피아노 위에 올려놓고 정말 치아가 줄어들었는지 등원할 때마다 가슴 졸이며 관찰하던 기억이 난다.

그 공간이 마냥 좋기만 했던 건 아니었다. 거기에도 오금이 저리는 체벌이 있었다. 건반을 잘못 짚으면 투명한 삼십 센티미터 자로 손등을 정말 세게 맞았다. 까딱 잘못 피해서 손가락 마디를 맞으면 눈물이 핑 돌게 아팠다. 피아노 연습은 별의 다섯 귀퉁이를 칠하며 셌다. 선생님은 기분이 좋으면 별 대신 꽃을 그렸고, 나는 이파리 다섯 개를 색연필로 꼼꼼하게 칠했다.

원생으로서의 나는 착실한 편이었다. 친구들이 가장 지루해하는 아농Hanon 연습곡이 가장 좋았다. 아농(한국 맞춤법 표준어 규정에 따라 아농이라고 한다) 연습곡들은 계단을 차곡차곡 밟아서 저 끝까지 올라가고야

마는 것처럼 같은 멜로디를 한 음씩 높여가면서 치는데, 그걸 치다보면 내가 어떤 분야의 장인이 되고 있는 중인 것 같은 느낌이 들었다. 지루한데, 동시에 뿌듯했다. 아농으로 손가락을 푼 다음에야 비로소 화려한 체르니로 넘어갈 수 있다는 기대도 있었다. 주입식 연습곡이었지만, 하다보면 반드시 그것을 틀리지 않고 치는 순간이 왔기 때문에 나는 더없이 정직한 그 시간에 천진스럽게 몰입했다.

지금 와서 생각해보면, 아농은 일종의 습관이자 운동이었다. 생각하지 않고 움직이는 시간이었다. 운동이란 건 생각하지 않고 몸이 저절로 움직이도록 단련하는 것이다. 친구 H가 복싱장에 갔다. 두세 달 동안 하는 거라곤 기본 스텝과 원투 훈련뿐이었다. 단순한 동작 반복에 질려서 관장에게 지겹다고, 다음 동작을 알려달라고 졸랐다. 관장은 한쪽 팔을 뻗으면 다른 쪽 팔이 자동으로 나갈 때까지 해야 한다고 말했다. 그게 복싱이라고. 그래야 정신없이 두드려 맞는 순간에도 펀치를 날릴 수 있는 것이라고 말이다. 골프나 테니스 같은 다른 스포츠도 마찬가지라고 한다. 연습을 할 때는 이래저래 생각을 하지만 실전에 가면 아무 생각 없이도 나올 수 있도록, 평소 몸에 배어서 습관이 되도록 한다. 무엇을 이루기 위해 다른 부분에 대한 신경을 끄고 하나에 몰두하는 것이 진짜 자기의 것이 된다는 얘기다.

　습관이 습관이 되는 길은, 생각 없이 하는 것이다. 처음에야 생각이 없지는 않을 것이다. 왜 해야 하는지 스스로 묻고, 어떻게 하는 게 맞는 것인지, 내가 꼭 해야 하는지 의심하고 회의감을 가진다.

　당연히 지루할 수밖에 없다. 오로지 반복밖에 없기 때문이다. 그러다 어느 순간 마음의 무게를 초월하는 지점이 선물처럼 찾아온다. 그게 습관이다. 그리고 그 지루한 반복이 고통이 아니라 견딜 만한 것으로 여겨지는 순간, 내가 기꺼이 그것을 가질 자격이 주어진다. 내가 이 시간을 스스로 선택했다고 생각하면, 내 삶의 문제들을 피하지 않고 기꺼이 버티면서 현재에 더 집중하게 된다. 아무 생각 없는 시간. 그것의 힘을 믿는다.

3부

발문을

나의 양한

미니멀라이프에 관심이 생겨서 소비를 줄이고 안 쓰는 물건도 처분하기로 했다. 요즘 다들 한다는 중고 거래 어플이 계기였다. 물건을 한 번 올려봤더니 반응 이 즉각 왔다. '꽁돈' 생기는 재미가 막강했다. 필요 없 거나, 안 쓴 지 오래된 것들, 그래서 설레지 않은 물건 들을 공항의 마약 탐지견처럼 찾아냈다. 그때부터 집 에 있는, 돈 되는 건 뭐든지 팔아치울 기세로 맹렬하게 덤벼들었다. 오 년 동안 딱 두 번 탄 자전거부터 시가 에서 가져온 미싱, 출장 가서 사 온 기념주화까지……. 내 기준에서 쓸데없지만, 누군가에게는 괜찮은 것들 을 차례로 중고거래앱 게시판에 올렸다.

내 레이더에 마지막으로 잡힌 건 책장 맨 위에서 잠 자고 있던 클라리넷이었다. 앱에서 시세를 확인하고 그보다 조금 싼 팔만 원에 올렸다. 한 시간 뒤에 채팅 창 알람 소리가 경쾌하게 났다. '오만 원에 팔면 안 되 나요.' 어차피 안 쓰는 물건이니 나는 흔쾌히 그러자고 했다. 바로 그날 오후 우리 집 근처 지하철역 3번 출구 앞 스타벅스에서 만나기로 했다. 약속 시간이 다 됐을 때 메시지가 왔다.

'저는 클라리넷을 사는 사람입니다. 매표소 근처에서
만날 수 있습니까?'

클라리넷 가방을 이름표처럼 잘 보이게 품에 안고
지하로 내려갔다. 매표소라니. 표를 파는 곳이 있었던
가. 내 기억에 매표기계가 아니라 지하철역 직원에게
지하철 승차표를 마지막으로 사본 게 십 년도 넘은 것
같았다. 그런데 아무리 둘러봐도 거래를 기다리는 듯
한 사람은 없었다. 못 찾겠다는 내 문자메시지에 곧 스
무고개 같은 힌트 세 개가 왔다.

1. 저는 남자입니다.
2. 파란색 재킷을 입고 있습니다.
3. 저는 매표소 근처에 서 있습니다.

십 분을 헤매다 개찰구 안쪽에 서 있는 한 남자를

발견했다. 따뜻한 휴양지로 유명한 동남아시아의 어느 나라에서 온 것 같은 외국인 남자였다. 그는 파란 재킷이 아니라 짙은 남색 패딩점퍼를 입고 있었다. 아! 포털사이트 번역기를 돌린 것 같은 이 어색하기 짝이 없는 문장들을 보고 진작 알아챘어야 했다.

클라리넷 가방을 개찰구 위로 넘겨주며 악기를 연주할 줄 아느냐고 물었다. 순간 영어로 말해야 하는가 싶었지만 그냥 천천히 한 글자씩 힘줘서 말했다. 그는 수줍게 웃으며 전혀 모른다고 한국말로 수줍게 말했고, 어떻게 배울 거냐고 물어보니까, "유튜브."라고 말했다. 우리 둘 사이엔 어색한 침묵이 흘렀다.

"저기, 그럼 이제 돈……."

내 말에 남자는 서둘러 가방에서 오만 원을 꺼내서 줬다. 우린 서로 꾸벅 인사를 하고 헤어졌다. 돌아오는 길, 타국살이를 하며 클라리넷을 배워보려는 남자의 말간 표정이 자꾸 생각났다.

그렇게 내가 가진 유일한 악기가 내 곁에서 떠나갔

다. 공주처럼 플루트를 불고 싶어 하는 나에게 선생님이 클라리넷 반을 새로 만들 테니 가입하라며 제안한 악기였다. 하지만 클라리넷 반은 영 인기가 없어서 일 년 만에 폐강이 됐다. 학교에서 제대로 배우지 못해 꿔다놓은 보릿자루 처지가 된 이 슬픈 악기를 집에서 입술이 부르틀 때까지 불어댔다.

앨런 러스브리저의 에세이 《다시, 피아노》를 보면 나이가 들어서 다시 피아노를 배우는 한 유명 신문사 편집장의 도전기가 나온다. 저자는 조간신문을 읽다가 흥미로운 기사를 읽고 뛸 듯이 기뻐한다. 그 기사는 '유년 시절의 음악 레슨은 수십 년이 흐른 뒤까지도, 심지어 악기를 도중에 그만둔다손 치더라도 사람의 정신을 총명하게 유지하는 데 실효가 있다'는 내용이었다.

선생님 없는 생짜 초보의 연주 실력은 아무리 기를 써봐도 제자리걸음이다. 어린 나는 목표를 바꿔서 연주를 포기하는 대신 숨을 오래 불어넣는 호흡 연습을 했다. 후— (이십 초). 후우— (이십이 초). 얼마나 오래

부는지가 내 실력이 느는지 확인하는 유일한 척도였다. 복도식 아파트에서 클라리넷이 내는 소음이 군대 기상나팔 소리처럼, 혹은 경기장 부부젤라처럼 맹렬하게 울려퍼졌다.

"타오르는 석탄 조각을 끄집어내서 뭔가를 해볼 수 있는 기회가 허락되는 것이 중년 이후의 세월"이라고 어느 철학자가 말했다. 나에게는 클라리넷이 어린 시절 한때 타올랐던 석탄 조각이지 않았을까. 그리고 그런 석탄 조각들이 나란 사람에게 남아 있는 습관이 아닐까. 평소엔 신경조차 쓰지 않고 애쓰지 않아도 나도 모르게 마음이 향하게 되는 마음의 습관.

어쩌면 내가 글을 쓰게 된 것도, 책과 예술을 향한 동경심이 남아 있는 것도, 어린 시절에 가져본 그 연습용 에보나이트 클라리넷 덕분일까. 나는 그렇게 생각하기로 했다. 타국에 살고 있는 노동자에게도 나에게도 예술을 사랑하는, 아직 불이 완전히 꺼지지 않은 석탄 조각들이 남아 있다고.

나에게 없는 습관을 만들려고 애쓰는 게 아니라 이런 석탄 조각들을 꺼내보는 것도 좋겠다. 우리가 가진 현재의 것들에 더 집중한다면, 더 충실하게 현재를 사는 사람이 되지 않을까. 현재의 내가 석탄 조각을 꺼내어 불을 붙이려 애쓰는 건 멋지지 않아 보여도 미래의 나를 위해 할 수 있는 가장 현실적인 무언가인 것 같다. 불안한 나를 달래며 기도하는 마음으로.

"누구든 얼마든지 많은 양의 일을 해낼 수 있다. 그 일이 지금 해야만 하는 일이 아니라면."

한 미국 코미디언의 농담이라고 한다. 이 말을 듣자마자 속이 뜨끔했다. 내 변명을 들켰기 때문이다. 매일 기사를 쓰는 일을 오래 하다보니 늘 마감 시간이 분 단위로 정해져 있었다. 마감이 있는 일에 둘러싸여 있다는 것은 마감이 없는 일은 뒤로 한없이 뒤로 미뤄왔다는 의미이기도 하다. 그러다보니 나란 사람은 꼭 해야 하는 일이 아니고서는 한없이 게을러졌다. 매사에 어지간한 일은 웬만하면 할 수 있는 한 최대한 뒤로 미루기 일쑤였다. 지금 당장 착수하지 않으면 문제가 생길 게 구십구 퍼센트 확실해질 때까지.

코로나19 사태가 길어지면서 무료한 나날을 보내고 있는 와중에 온라인 특강을 해달라는 의뢰가 들어왔다. 온라인 강의는 한 번도 해보지 않아서 새롭게 준비를 해야 했다. 일이 들어오기 전에는 아사 직전의 느낌으로 일이 고팠는데 막상 새로운 작업을 할 생각을 하니 귀찮아졌다. 이런 속내와 달리 내 입에선 곧바로 말이 나왔다. "감사합니다. 저 해볼게요!" 지금 상황에선 일을 거절하는 게 비이성적이기도 했다. 무엇보다 강의 날짜가 한 달도 더 남아서 준비할 시간이 매우 넉넉했다.

그런데 일을 수락한 이후에도 강의 일주일 전까지 그 일과 관련해서 아무것도 하지 않았다. 슬슬 준비를 해보자고 책상에 앉았다가 갑자기 일어나 청소를 하고, 늦은 오후에 일찌감치 일과를 마감하고 캔맥주를 마시기도 했다. 자료 조사를 해보자는 마음에 책을 펼쳤다가 금세 지루해져서 갑자기 소설책을 꺼내 읽다가 하루를 다 보냈다. 지금이라도 못 하겠다고 번복할까, 그렇다면 무슨 이유를 대야 할까, 혼자 상상의 대화를 해보기도 했다.

성실하게 살아야만 산신히 살아지는 삶이어서 그렇지, 만약 데뷔작부터 초대박이 난 프랑수아즈 사강처럼 거액의 돈이 생긴다면 하루아침에 전혀 다른 사람이 빙의된 것처럼 갑자기 스포츠카를 사고 비싼 술을 마시고 돈을 탕진하며 자유로운 영혼으로 살지도 모르겠다. 어쨌든 나는 현실로 돌아와 수업 하루 전날에 정신을 차리고 진지하게(=다급하게) 준비를 하기 시작했다.

셰익스피어 비극의 주인공 맥베스는 국왕을 살해하기 전에 이렇게 중얼거렸다. "해치워버려서 모든 게 끝나는 일이라면 서둘러 해치우는 것이 좋겠지." 반면에 나란 사람은 역시나 반대로 생각한다. "해치워버려서 끝나는 일이라면 그때 가서 해도 되겠지." 그러곤 아슬아슬할 때까지 방치해두다가 후다닥 해치운다. 마감일에 제대로 스퍼트를 내기 위해 그동안 일부러 게으르게 살았다는 듯, 젖먹던 힘까지 다해서.

물론 내가 해치워야 하는 일은 맥베스처럼 누군가의 숨통을 끊어놓는 일이 아니라 훨씬 더 자잘한 것들이다. 하지만 그렇게 자잘한 것들이 내 운명을 결정한다는 명언이 내 숨통을 다시 또 조금씩 조여온다. 하악하악.

그렇게 자꾸 미루다가 못했던 일들을 후회해본다. 그때 이랬더라면 내 인생이 한결 나았을 텐데, 이 사람한테 그때 이렇게 했어야 했는데, 이 일을 한번 저질러봤어야 했는데. 머리카락 수만큼 숱한 후회들이 있다. 그런데 한편으로는 의문이 들기도 한다. 그게 정말 후회할 만한 일일까?

미처 하지 않았던 과거의 일들에 대해서 '그때 그걸 했다면……' 식의 가정 때문에 우리가 스스로에게 얼마나 가혹한 벌을 주고 있는지 생각하면 서늘한 기분이 든다. 후회는 늘 자신이 '한 일'보다 '하지 않은 일'에 대해서 하기 때문이다. '난 더 많은 일을, 더 잘 할 수 있었어!'라고 말이다.

그런데 과연 그럴까.

미루지 않고 애썼던 일들을 떠올려본다. 한때는 일이 그랬고, 사랑이 그랬다. 갖은 애를 쓰고 미친 듯이 노력해서 결과가 좋았는가 하면, 현실은 전혀 그렇지 못했다. 온갖 수고를 자처하고 스스로에게 혹독했기 때문에 오히려 금세 지쳐갔다. 결과가 안 좋으면 다른 사람을 원망하기도 했다. 내 탓 아니면 남 탓. 둘 중 하나였다. 계속 뭔가를 탓했다.

열심히 하던 것들을 멈추고 고개를 들었을 때, 그제야 내 시야에 더 많은 것들이 들어왔다. 내 탓도 네 탓도 아니었다. 그 서툰 시간을 모두 거치고 나서 충분한 경험이 쌓인 뒤에야 일도 사랑도 조금씩 나아졌다. 누구도 탓하지 않고 너그러운 자세로 대하니 모든 면에서 아등바등함이 사라졌다.

지금 생각해보면 미루는 게 결과적으로 꼭 나쁜 것만도 아니었다. 대학 때 하루 전날에서야 머리 싸매고 고도의 집중력으로 썼던 리포트에서 담당 교수가 글을 잘 쓴다고 했던 한마디 코멘트가 나에게 용기를 줘서 이후 진로에 끼친 영향을 생각하면 그렇다. 닥쳐서 했던 일들이 괜찮았을 때 내가 느꼈던 마음도 그 자체로 존중받아야 한다. 뭔가를 미뤘다고 해서 내가 그 일을 대충했다는 게 아니라는 얘기다. '결국 나는 해낼 거야' 그리고 '실패해도 괜찮아, 큰일은 아니야'라는 이 두 가지 마음을 가지면, 뭔가가 잘 안 됐을 때 자기 자신이 완전히 가치 없는 사람이라는 극단적인 생각으로 순식간에 기우는 일은 없을 것이다.

어떤 습관을 가지려고 하면 그 순간부터 그것은 습관이 아닌 게 된다. 일이 되고, 과제가 된다. 어쩌면 습관이란 단어는 결심이란 단어와 가장 앙숙일지도 모르겠다. 나를 솔직하게 받아들이게 되면 죄책감을 '습관적으로' 느끼지 않을 것이다.

습관을 '결심'하지 않으면서 얻은 가장 큰 선물은 나를 덜 다그치게 되었다는 것이다. 〈쇼생크 탈출〉로 우리에게 친숙한 영화배우 팀 로빈스는 인류가 진보할 수 있었던 건 "분별력 있고 책임감 있으며 신중했기 때문이 아니라, 놀기 좋아하고 반항적이며 미성숙했기 때문"이라고 말했다. 맞는 말이다(고 믿고 싶다). 미성숙으로 치면 나는 모든 면에서 그렇다. 건강을 챙기는 생활 습관부터 시작해, 사회생활과 가족 관계 등 모든 방면에서 성숙과는 거리가 있다.

그래서일까. 오늘도 역시 나는 온갖 바람직한 것들

을 '뒷전으로 보내버리는' 습관을 가지고 살아간다. 그게 건전한 태도는 아닐지라도 말이다. 그 건전한 태도를 놓아버리고 내 식대로 살자 생각하니 전보다 더 단단해진 느낌이다.

친구는 편한 사람

TV 관찰 예능 프로그램을 보고 있는데 한 여성 출연자가 뭘 먹을 때마다 눈을 찡긋거리자 그걸 모니터로 보고 있던 패널들이 단체로 야유를 했다. 그녀는 자기가 당시에 그랬는지도 전혀 몰랐다며 손사래를 쳤다. 다른 사람들은 다들 어서 빨리 솔직하게 대답하라며 추궁했다.

"그냥 습관인 거야, 일부러 끼 부린 거야?"

그 광경을 보고 있는데 기분이 묘했다. 습관이라고 대답하면 봐줄 것 같은 이 분위기는 왜 그런 걸까. 아무래도 습관은 아무 목적 없이 몸에 자연스럽게 밴 것이니까 의도성이 없다고 볼 수 있어서일 것이다. 롤러코스터 〈습관〉의 노랫말 "습관이란 게 무서운 거더군~"처럼, 습관은 정말 나에게 진득하게 달라붙어 있는 무서운 것이다. 나도 모르는 사이에 자리 잡은 것이어서 책임 추궁을 하기도 영 애매하다.

언젠가 식사 자리에서 만난 영화계 관계자 B가 나

에게 특별한 경험담을 털어놓았다. B는 전 직장에서 영화 관련 일을 맡았다. 그러다 중년 배우 S를 업무상 수행하게 되었다. 전국을 도는 영화 프로모션의 마지막 일정이 끝나고 뒤풀이로 술을 한잔씩 하고 노래방에 갔다. 한창 분위기가 좋을 때, 갑자기 배우 S가 그에게 자기 신발 끈을 좀 묶어달라고 말했다. 직접 하면 되는데 왜 그런 걸 시킬까 싶었지만 연장자, 그것도 스타가 그러라고 하니까 조건반사적으로 무릎을 굽혀 그녀의 신발 끈을 단단히 묶어줬다. 그런 그를 내려다보며 S가 하는 말이란 게 "미안한데, 내가 끈을 묶을 줄 몰라서 이렇게 시키는 거예요. 난 정말 단 한 번도 신발 끈을 스스로 묶어본 적이 없어요"였다. 그렇게 말하는 그녀의 표정이 아기같이 천진해서 당황했다고 한다. 그 얘기를 듣는 우리는 세상에 그런 갑질이 어딨냐며, "그 배우 진짜 그렇게 안 봤는데……"라고 단체로 맹렬히 비난했다. 그는 그냥 "참 의외죠?"라면서 웃었다. 그는 한참 지난 지금에 와서 생각해보니 그녀가 일찌감치 스타가 됐던 젊은 시절부터 지금에 이르기까지 어떤 방식으로 살아왔는지 짐작할 수 있었다고 담담하게 말했다. 그것은, 그 배우가 수십 년 스타로 살아오며 몸에 깊게 밴 습관일 뿐이라고.

습관을 바꾸기 위해서는, 즉 내가 바뀌기 위해서는 그것이 자신의 오랜 습관이란 것을 깨닫는 과정이 반드시 선행되어야 한다. 그런데 대부분 자기 자신이 깨닫기보다는 주변의 어떤 사람이 어떤 사건을 계기로 말해주는 경우가 많다. 계기야 어쨌든 결국 뭔가 바뀌려면 남이 아니라 최종적으로는 스스로 생각을 하는 과정이 필요하다.

상담 관련 책을 읽다가 '자기 수용'이라는 용어를 처음 접했다. 스스로를 판단하거나 평가하지 않고, 그저 있는 그대로 자신을 받아들이는 것을 의미하는 말이었다. 자기 수용이 가능하려면 조건이 있었다. 첫 번째, 자기 자신을 가치 있는 인간이라고 생각하기. 두 번째, 자기의 가치 기준이 자기 자신의 경험에 근거한 것이라고 생각하기. 세 번째, 자기 자신의 감정을 있는 그대로 보기. 이렇게 세 가지 상태에 모두 도달해야 비로소 마음을 열고 상처를 치유할 수 있다고 했다. 한 사람이 다른 사람으로 바뀌는 건 이렇게 힘든 일이다.

"비극에 시간을 더하면 희극이 된다."

미국 소설가 마크 트웨인이 한 말이다. '시간을 들여 생각을 한다'는 것은, 다른 말로 '공감력이 높아진다'는 의미이기도 하다. 처음엔 이해할 수 없었던 어떤 상황이 점점 이해가 되고, 상대방을 향한 미움과 원망, 분노 같은 뜨거운 감정들이 식어간다. 타인을 향한 공격도 거두게 된다. 상황의 현실을 알게 되고, 자신의 강점과 약점을 동시에 볼 수 있는 마음도 생긴다. 시간이 지나면 좋은 것과 나쁜 것의 경계가 모호해지고, 심지어는 뒤집히기도 한다.

그렇게 지난 일들에 대해 시간을 들여 생각을 하면 많은 순간들이 감사함으로 변해간다. 영어 단어 'think(생각하다)'와 'thank(감사하다)'의 어원이 똑같다는 걸 최근 한 칼럼에서 우연히 알게 됐다. 시간이 가진 힘을 보여주는 것 같다.

찬찬히 오래 생각을 하면 할수록, 그동안 안 보이던 것들이 안개 걷히듯 선명하게 보인다. 더 많이 알게 되고, 감사한 것들이 떠오른다. 과거의 기억들이 감사함과 다행스러움으로 바뀐다. 그때의 내가 운이 좋았음을 깨닫게 된다. 운이 좋았던 시절과 불운했던 시절이 강물처럼 흐르고 있다는 걸 알게 되면 지금이 훨씬 덜 불안하게 느껴진다. 나빴던 것들이 좋은 것으로 바뀌기도 한다. 내 안의 부정적인 감정을 해소하기 위해 주변에 감정을 배설하듯 쏟아내버리는 일도 없어진다.

이런 생각을 하다보니 어떤 습관 하나를 내가 선택해서 가질 수만 있다면, 나는 더 많이 생각하는 습관을 갖고 싶다는 결론에 이르렀다. 그러면 지금과 똑같이 살더라도 감사하게 될 테니까. 더 이상 나 자신에게 바라는 게 없을 테니까.

내 구두 취향은 늘 확고하다. 앞코가 뾰족하지 않고 둥글어야 한다. 그렇다고 아주 동그래도 안 된다. 오른쪽 발목이 약해서 굽은 칠 센티미터를 넘으면 곤란하다. 당연히 가격 상한선도 있다. 아무리 맘에 든다고 해도 소모품인 신발을 비싼 값에 살 마음은 없다.

이렇게 이것저것 재다보면 늘 비슷한 걸 집어 든다. 함께 쇼핑에 나선 친구 Y는 "너 그런 거 집에 있잖아!"라고 어이없어한다. 옷 취향도 역시 고집스러워서 내 체형에 맞는 스타일을 알게 된 이후부터는 대체로 그런 옷만 입는다. 그런 단순함 탓에 나와 가까운 친구들은 함께 쇼핑을 가면 대부분 내가 좋아할 법한 옷을 단번에 알아챈다.

실수에도 고집스러운 취향이 있는지, 실수할 기회가 생겼다 하면 여지없이 반복해서 똑같은 실수를 저지른다. 우리가 실수를 반복하는 이유에 대해 로버트 그린은 《인간 본성의 법칙》에서 "사람들이 정말로 경험에서 무언가를 배운다면 세상에 실수는 거의 없을 테고, 누구나 승승장구할 것이다"라고 말했다. 자기 실수를 들여다보는 일은 무지하게 고통스러운 것이어서 대부분의 사람들은 애써 그것을 외면하면서 죽는 날까지 똑같은 실수를 반복한다는 거다.

한때 친하게 지낸 기자 선배 A가 있었다. 지역 유지라는 소문이 있었는데, 그래서 그런지 어떤 일이 갑자기 생겨도 절절매는 게 없었다. 윗사람 눈치도 잘 안 봤다. 후배들을 대할 때는 유쾌하고 가벼웠다. 연애 고민부터 회사 뒷말까지 다 들어줬다. 나보다 열 살 가까이 많았지만 대화할 때 죽이 잘 맞았다.

어느 날 대화 주제는 재테크였다. 그때 나는 돈 쓸 시간이 없어서 생활비로 쓰는 약간을 빼고는 월급이 통장에 고스란히 쌓여 있었다. 그렇게 몇천만 원이 고스란히 은행에 있다고 말하자 A선배는 그렇게 저축해 두는 게 웬만한 재테크보다도 낫다면서 나를 칭찬했다.

며칠 지나 선배가 나를 휴게실로 불렀다. 그러곤 대뜸 한 달만 돈을 좀 빌려달라고 했다. 여동생 결혼이 코앞이라 예물을 살 현금이 필요한데 지금 어디어디에 돈이 묶여 있다면서, 은행 이자보다 더 쳐주겠다고 했다. "얼마나요?"라고 물었을 때 그는 씩 웃으며 많으면 많을수록 좋다고 말했다. 나는 당시 내가 가진 현금 전부인 삼천만 원 정도를 빌려줬다.

곧 돌려주겠다고 했는데, 한 달이 지나도록 못 받았다. 부자 선배에게 이 정도는 푼돈이라 까먹은 건가 싶은 생각이 들었다. 일할 때야 별로 생각이 안 났지만 퇴근하고 나면 자꾸 그 돈 생각이 났다. 핸드폰 문자메시지로 여러 번 읍소한 결과 연말이 돼서야 꿔준 돈을 다시 돌려받았다. 나중에서야 알았다. 그 선배가 도박판에서 재산을 쿨하게 날리고 있었다는 걸. 나 말고도 기자 선후배 여럿에게 돈을 빌렸고, 지금도 빌리고 있다는 걸. 선후배에서 갑자기 채무자-채권자 관계가 되어버린 우리는 그 이후 어색해졌다.

타인을 무조건적으로 믿고 살았던 이십대 후반의 나는 중요한 교훈을 얻었다. 아무에게나 내 은행 계좌 잔액을 공개하지 마라. 그리고 자신의 무지는 더더욱 남에게 보이지 마라. 상대는 무지라는 내 약점을 파고들어서 살점을 뜯어먹고야 말 것이다. 타인의 구십 퍼센트는 내 문제에 관심이 없고, 십 퍼센트는 오히려 이야깃거리로 즐길 테니 함부로 자신의 얘기를 하면 안 된다는 조언을 몰랐던 때지만, 이때 호되게 데어서 이후 다시는 돈과 관련해 이런 실수는 반복하지 않았다.

그러나 실수라는 걸 알면서도 어쩔 수 없이 반복하는 일도 있다. 나란 사람이 생겨먹은 대로 말하거나 행동하게 되는 것들이 그렇다.

한번은 결혼을 앞둔 친구의 약혼자에 관한 안 좋은 소문을 들었다. 나는 고민 끝에 친구와 단둘이 있는 자리에서 그 일을 조심스럽게 꺼냈고, 친구는 어두운 표정으로 소문이 진짜인지 알아보겠다고 했다. 소문의 진위는 밝혀지지 않았다. 결혼은 예정대로 치러졌다. 우리 우정은 예전처럼 복구되지 못했다. 몇 년이 지나고 나서 남편이 문득 물었다.

"그때로 다시 돌아가도 친구에게 그 말을 할 거야?"

나는 그 상황을 머릿속으로 다시 떠올렸다. 시무룩한 표정으로 솔직하게 말했다.

"나는 다시 말할 것 같아."

아, 역시 나는 그 일 이후에도 변하지 않았다. 다시 같은 상황이 되어도 똑같이 행동할 것 같기 때문이다. 아마 친구의 약혼자가 바람피우는 것을 목격해도 나는 고민은 하겠지만, 친구에게 말할 것이다. 나는 그런 게 우정이라고 생각하기 때문이다. 아, 어쩌나. 내가 당시 그다지 잘못하지 않았다고, 아직도 그렇게 생각하고 있다는 게 분명해졌다. 그 사건은 내가 성인이 된 이후 가장 후회하고 있는 일임에도 불구하고, 다시 또 그렇게 할 것 같다고 대답한 게 스스로 어이가 없는 노릇이었다.

왜 우리는 같은 실수를 반복하는 것일까.

어떤 실수를 습관처럼 반복하는 이면에는 내가 그렇게 틀린 게 아니라는 것을 증명받고 싶은 마음이 있는 것 같다. 내가 잘못을 해서 그런 게 아니라 그때 그 상황이, 걔가 내 선량한 의도를 곡해해서, 혹은 제삼자 때문에, 나의 순수하고 선량한 마음이 이용당해서…… 등등.

이런 실수를 여러 번 반복하며 바뀐 것이라고는 내가 그런 사람이라는 것을 알게 된 것이다. 난 잘 안 바뀐다. 그렇게 생겨먹은 사람이다. 그래서 비슷한 일이 다시 내 앞에 나타나면, 그다음에 내가 할 행동과 결과를 잘 안다. 그래서 그 위험한 상황이 일어나면 거기서 한 발짝 물러서려고 애쓴다.

바뀌지 않는 나를 적극적으로 인정하고 나서 달라진 점이다. 친한 친구의 일에 거리를 두지 못하고 안달복달하는 내 모습을 알게 되었으니, 앞으로 그런 문제가 있을 기미가 보이면 의식적으로 약간의 거리를 두기로 한다. 나는 여간해서 바뀌지 않으니, 거리를 두는 정도의 요령으로도 충분한 것 아닌가 싶다.

기획의 기술 1

좋은 기획

부모를 떠올리면 자녀들은 왠지 미안하고 죄스러우면서도 동시에 깊게 생각하고 싶지 않다는 회피감이 동시에 든다. 나로 말하자면 직장 생활을 십 년 넘게 하면서 서울에서 그럭저럭 자리 잡아 살고 있지만, 어렸을 적 부모님이 나에게 걸었던 기대를 생각하면 그에는 한참 못 미치는 삶이라는 생각이 든다. 특히 엄마를 마주할 때면 더 그런 마음이 들어 미안해진다. 엄마는 스물다섯부터 서른셋까지 칠 년 동안 임신과 출산을 네 번 반복했다. 그렇게 낳은 딸 셋과 아들 하나를 기를 쓰고 길렀다. 첫째 딸이 막내아들을 돌볼 수 있는 시기가 되자 엄마는 또 기를 쓰고 자격증을 따서 이십년째 일을 하고 있다. 내가 만약 엄마였다면 이틀에 한 번 꼴로 울었을 것이다. 아니면 입버릇처럼 "힘들어서 더 이상 못해먹겠다!"라고 하며 주변(대체로 남편)을 향한 원망으로 짙게 얼룩진 하루하루를 보냈을 것이다.

2014년 사월. 엄마는 퇴근 후 근처 공터에서 가볍게 맨손 체조를 하고 집에 돌아왔다. 그 당시 온 국민이 그랬던 것처럼 아빠는 연일 이어지는 참혹한 뉴스에 집중하고 있었다. 엄마는 거실 소파에 앉아 있는 아빠와 TV를 몇 번 번갈아 보더니 이상하다는 듯 물었다.

"왜…… 저 큰 배가 뒤집혀 있는 거야?"

순간 거실에 정적이 흘렀다. "엄마의 눈동자가 처음으로 흐릿했다"고 아빠는 시간이 지나고 나서 나를 포함한 네 자녀에게 고백했다.

엄마는 그렇게 기억이 끊긴 채로 그날 밤 잠자리에 들었다. 그리고 다음 날 아침 멀쩡하게 일어나서 일터로 나갔다. 자신이 그런 말을 했는지도 기억하지 못했다. 기억은 평상시처럼 다 돌아왔다. 아빠의 간곡한 설득으로 엄마는 검진을 받았다. 병원에서는 엄마의 그날 밤 일을 설명해내지 못했다. 뇌 사진을 찍고 여기저기 검사를 했지만 아무 이상도 없었다. 하룻밤 해프닝이었다. 그 뒤로도 엄마는 여전히 '기를 쓰고' 사는 하루를 이어가고 있다. '가지 많은 나무'로 살면서 평생 걱정할 거리들을 떠안고, 끊임없이 새로운 걱정들을 하면서.

엄마에게 세월호 참사는 무엇인가. 어떻게도 손을 쓸 수 없는 상황에서, 기억 회로를 잠시 끊어버린 엄마의 '생존 본능'이었을까. 어쩌면 엄마는 알게 모르게 인생의 많은 힘든 기억들을 그렇게 왜곡하거나, 끊거나 하면서 살았을지도 모르겠다. 우리 가족에게 들키지 않았을 뿐. 생각해보면 그러지 않고 살아온 것이 신기할 정도다.

영화 〈블레이드 러너〉의 주인공은 '므두셀라 증후군'이란 병을 앓고 있다. 이 증후군은 므두셀라는 성경 창세기에 나오는 인물로, 구백육십구 살까지 살았다. 영화에서는 조로증처럼 묘사되지만 심리학에서 이 증후군은 '기억 왜곡 현상'을 가리킨다. 과거의 나쁜 기억은 지우고 좋은 기억만 남기는 것도 왜곡이고, 나이가 들수록 좋았던 일만 기억하는 것도 일종의 도피성 기억 왜곡이다.

누구든 과거를 생각한다. 나이가 들면 자연스럽게

과거가 왜곡된다. 왜곡하지 않으면 버틸 수 없는 상황에서 살아남기 위해서, 버티기 위해서, 생존을 위한 몸부림이다. 하루하루의 기억을 모조리 짊어지고 걸어간다면 결국에는 버티지 못할 것이다.

기억이란 건 뭘까. 에세이를 쓸 때 나는 내 기억에 의존한다. 기사를 쓸 때처럼 두 번 세 번 팩트 체크를 하지도 않고, 주변의 일을 쓴다고 해서 일부러 전화를 걸어 내가 쓴 문장을 읽어주고 틀린 부분이 있냐고 묻지 않는다. 묻지 않는 대신 당사자에게 험담으로 느껴질 수도 있는 건 쓰지 않으려고 노력한다. 그 사람이 아니라 그 상황의 내 감정을 표현하는 정확한 단어를 찾는 것에 집중한다. 그게 글을 쓸 때 내가 애쓰는 전부다.

하긴, 책이 나올 때마다 엄마는 "네가 모르는 더 많은 것이 있었다"라고만 하며 말을 아낀다. 그러면 나도 역시 더는 묻지 않는다. 내 기억과는 다른 엄마의 기억이 왠지 무서워져서 애써 더 이상 캐묻지 않고 덮어버린다. 어쩌면 내가 쓴 책은 엄마의 기억을 헤집어 놓으면서 엄마의 인생에 악영향을 끼치고 있을지도 모른다.

그럼에도 불구하고 엄마는 내가 세상에 더 많은 이야기를 꺼내놓기를 바란다. 엄마가 한 회도 빠짐없이 보던 한 주말드라마 덕분일지도 모른다. 〈세상에서 제일 예쁜 내 딸〉이란 드라마인데 난 한 번도 본 적이 없다. 이 드라마에서 주인공은 딱히 쓸 게 없다면서 자신 없이 원고 하나를 출판사에 보냈다. 가족 이야기를 담은 소설이었다. 출판사 편집장은 처음으로 그녀에게 칭찬의 말을 건네며 이렇게 말했다. "가족 이야기만큼 재밌는 게 있어요?" 그 장면을 보고 나서 엄마는 내게 전화를 걸어 다짜고짜 말했다. "민지야, 작가는 가족 이야기를 팔아야 성공한다더라!"

그 말을 듣고 나니 못난 딸의 입장에서는 그나마 좀 안심이 됐다. 엄마가 늘 잡아줄 거라고 생각하면서 뒤뚱거리며 앞으로 와다다다 걸어가는 단순한 어린아이처럼.

사랑은 죄책감과 비슷할지도 모르겠다. 사랑은 더 주고 싶은 감정이고, 죄책감은 덜 주었다는 감정이라고 한다. 엄마와의 관계에서 그 둘을 구분해내기가 어렵다. 사랑인지 죄책감인지. 사랑과 죄책감을 오가며 순전히 내 시선에서 엄마 인생의 한 조각에 대한 목격담을 쓸 뿐이다. 다음 글 역시, 내가 들은 엄마의 아주 작은 인생 조각이다.

아동학대 범죄처벌법

II 본론

집 앞 미용실에 갔다. 상권이 별로인지 집 앞 상가들이 다 일 년을 못 버티고 떠나갈 때 유독 굳건히 버티고 있는 가게였다. 오십대 미용사의 입담이 좋아서 커트를 하러 간 남편에게 십삼만 원짜리 파마를 지르게 하는 식이었다. 나는 조용한 미용실을 선호해서 조금 더 떨어진 곳을 다녔는데 어쩌다 한 번 그 미용실에 머리를 자르러 갔다. 그날도 미용사는 가위질만큼 부지런하게 얘기를 했다. 그런데 도중의 한 대목에서 흥미가 돋아 열심히 듣고 맞장구를 쳤다.

그 얘기란 게, 자기 딸도 최근에 미용사가 되기로 했다는 거였다. 자신의 직업을 다른 사람, 특히 자녀에게 추천해주고 싶은 사람은 생각보다 많지 않다. 기자들 사이에선 자조적으로 "3대가 업보를 쌓아서 기자가 된 것"이라고 말하며 처지를 과장되게 비관하는 말도 있다. 이 미용사도 자기 딸은 미용사가 되지 않길 바랐다고 했다. 그러면서 얼마 전에 알게 됐는데 자신의 어머니도 전쟁통에 가위를 가지고 다니면서 피난민들의 머리를 잘라주는 일을 했다는 것이었다. "3대째 미용사시네요!" 나의 첫 적극적 반응에 그녀는 더욱 뿌듯해하면서 말했다. "타고난 게 있긴 있나봐요." 어떤 확실한 재능이 대를 이어서 내려오고 있다는 게 부러웠다. 어떤 것을 확신을 가지고 하는 사람들이 그 확신을 가지기에 충분할 정도로 특별한 유년 시절 배경이나 유전적 자질이 있다는 걸 알게 되면서 내 재능이 영근본이 없고 가난해 보였다.

오래 기자 일을 했다고 해서 글을 잘 쓰는가 하면 그렇지도 않다. 특히 에세이를 쓰는 작가로서 출발하고 나서는 더욱 글쓰기에 재능이 없음에 좌절했다. 물론 글을 전혀 쓰지 않는 사람들보다야 낫겠지만 프로들이 모인 바닥에서 겨뤄야 하는 건 또 다른 문제다. 《면역에 관하여》를 쓴 율라 비스는 나처럼 저널리스트이자 논픽션 작가다. 의사인 아버지와 시인인 어머니 사이에서 태어난 그녀는 정말이지 어떤 산문은 시처럼 아름답게 쓴다. 그날 미용사의 말을 들으며 속으로 부러웠다. 나도 그런 타고난 재능이 있을까 싶었다.

샅샅이 기억을 더듬다가 한 가지 작은 일화가 떠올랐다. 그렇게 다시, 엄마 얘기다.

어느 해 크리스마스 즈음 엄마 앞으로 편지 한 통이 왔다. 손글씨로 쓴 편지였다. 엄마의 단골 화장품 가게 직원이 보낸 것이었다. 한 해 동안 감사했고, 새해에도 좋은 일 많이 있길 바란다는, 특별할 것 없는 내용이었지만 엄마는 자식보다 나은(?) 그 직원의 빽빽한 한 장짜리 손편지에 감동해서 뭔가 보답을 하고 싶어졌다. 그래서 그 회사 홈페이지 '고객의 소리' 게시판에 장문의 글을 썼다. 편지를 보낸 그 이십대 직원이 얼마나 활짝 웃었는지, 화장품 사용법을 물어보면 손등에 로션을 착착 잘 덜어주며 친절하게 알려줬는지에 대해 썼다. 연말에 바쁠 텐데 시간을 내서 편지를 써준 그 마음이 얼마나 자신을 따뜻하게 해주었는지에 대해서도.

그러곤 잊고 지내다가 나중에 그 매장을 방문했을 때 알게 됐다. 그 게시판 글을 회사 인사 담당자들이 보게 됐고, 그 손편지를 쓴 직원이 서울 본사로 올라가서 임직원들이 지켜보는 앞에서 우수사원으로 표창을 받았다는 걸.

그 뒤로 엄마에게는 작은 고민이 생겼다. 그 매장에서 로션이며 파운데이션을 살 때마다 뭐 작은 걸 하나만 사도 그 직원이 엄마의 쇼핑백 가득 화장품 샘플을 최대치로 꾹꾹 눌러 채워줘서 하나만 산 게 미안해진다는 것이다. 부모님 집에 내려가보니 화장대 가득 자잘한 샘플들이 진열돼 있어서 마치 소인국 화장품 가게 같기도 했다.

이 일을 떠올리며 생각했다. 어쩌면 내가 일상의 자잘한 감동의 순간들을 이렇게 글로 써보고자 하는 것이야말로 엄마에게서 물려받은 재능이 아닐까.

삶의 의미는 원래 있는 것을 발견하는 것이 아니라 우리가 만들어가야 하는 것이다. 우리가 살아가기 위해서라도 '의미'는 중요하기 때문이다. 어쩌면 나는 내가 한 줌이라도 재능이 있다는 것에 스스로 고개를 끄덕거리기 위해서 매번 스스로 납득 가능한 답을 찾아내야 할 것이다. 그것이 당분간이라도 나를 나아가게 한다면 말이다. 그래서 지금의 나는 따뜻한 글을 쓸 수 있도록 엄마가 내 안에 귀한 재능의 씨앗을 심어줬다고 굳게 믿고 있다.

돈 앞에선 아무것도 아닌 일들

벌써 십 년은 된 이야기다. 친구와 필리핀 보라카이로 여행을 갔다. 업무 출장을 제외하고는 해외에 나가본 게 처음이었다. 가장 싼 패키지여행을 예약하고, 저비용항공LCC을 타고 갔다. 그래도 마냥 신이 났다. 좁은 좌석에서 가장 편한 각도를 찾아 몸을 이리저리 움직여보다가 날카로운 데에 다리가 긁혔다. 빨간펜으로 그은 것처럼 줄이 생기더니 피가 났다.

승무원에게 반창고가 있으면 하나만 달라고 요청했다. 승무원은 귀찮다는 듯 서류를 가져와서 일단 이 서류를 다 써야 반창고를 지급해줄 수 있다고 했다. 나는 상처를 휴지로 꾹꾹 누르면서 빈칸을 대충 채워나갔다. 그러면서 혼자 중얼거렸다. "이놈의 항공사. 인정머리도 없이!" 반창고 하나에도 인색한 걸 보니 서러워지기까지 했다. 휴가를 마치고 한국에 돌아가면 돈을 많이 모아서 다음 휴가철엔 비싸더라도 무조건 국적기 항공권을 끊겠다고 다짐했다.

그때 내 옆좌석에서 세상모르게 곯아떨어져 있는

친구 H는 동대문 도매가게에서 가방을 팔고 있었다. 야간에만 일하는 사람의 건강이 어떻게 악화되어가는 지 친구 H를 보며 똑똑히 알게 됐다. 혹사당하듯 일하는 친구의 낯빛은 누가 봐도 스물아홉 살로 보이지 않았다.

여행에서 돌아와 얼마 지나지 않아 나 역시 낮밤이 절반쯤 비틀어지게 됐다. 아침 뉴스 담당 부서로 발령이 났기 때문이다. 지하철 첫차도 없는 새벽 네 시에 출근해야 했다. 산술적으로 계산해 저녁 아홉 시에 잠자리에 들면 여섯 시간은 잘 수 있었지만, 실전은 달랐다. 혹시 잠결에 알람을 꺼버리진 않을까 하는 걱정 때문에 깊게 잠을 못 잤다. 밤새 자다 깨다를 반복하다 허옇게 질린 얼굴로 출근했다.

가장 친한 친구 사이였던 우리는 그렇게 낮밤이 바뀐 생활 탓에 나란히 몸이 망가졌다. 생활 리듬은 틀어지고, 피로는 누적됐다. 누군가는 근무 틈틈이 담배를 피우거나 폭식으로 스트레스를 풀었고, 생활 리듬이 망가진 틈을 타서 아예 적극적으로 밤을 새우면서 놀기도 했다. 이래서는 안 되겠다 싶어, 뭔가를 준비해보자는 마음이 들었다. 한창 직장인 사이에서 붐이었던 로스쿨에 가볼까 해서 온라인 강좌를 수십만 원 주고 끊었지만 두 달도 못 가 공부를 중단했다. 그러곤 종로의 바리스타 학원을 다녔는데, 온갖 요식업 분야에서 창업에 실패한 중년들만 모여 있어서 나까지 덩달아 우울해졌다.

그때를 뒤돌아보면, 나이로만 보면 완벽히 청춘이지만 가장 청춘답지 못했다. 늘 피곤했고, 노인보다 더 지쳐 있었다. 내가 선택할 수 있는 게 드물었고, 선택의 기회를 박탈당할 때도 많았다. 취향도 제대로 누리기 어려웠고, 누구에게도 기대지 못해 생존의 위기에 놓여 있었다.

나만 겪은 특별한 일은 아닐 것이다. 주변을 보면 다들 그렇게 살았다. 자기 기반이 없는 청춘은 늘 불안한 존재다. 그런 불안이 장기화되면 나중에는 '내가, 내가 아니었으면……' 하는 생각에까지 이르게 된다. 청춘이 자기 인생의 주인 자리를 스스로 내어놓는 꼴이다.

나는 청춘의 시기를 오롯이 누릴 수 있는 사람은 극소수라고 생각한다. 최소한 생계 걱정이나 부양해야 할 누군가가 없어야 하고 싶은 것, 갖고 싶은 것을 꿈꿀 수 있고 도전이란 것도 해볼 수 있다. 나는 이십대 청춘을 제대로 누린 적이 없다. 내가 처한 그런 형편을 받아들이기까지 적어도 십 년은 걸렸던 것 같다. 현실적으로 어쩔 수 없는 것들을, 어쩔 수 없는 것으로 받아들이기까지 말이다.

헤밍웨이의 단편《깨끗하고 밝은 곳》에서 두 웨이터는 혼자 술을 마시는 부자 노인을 바라보면서 대화를 한다. 젊은 웨이터는 빨리 문을 닫고 퇴근하고 싶은데 노인은 좀처럼 일어날 기미가 안 보인다. 노인을 바라보며 나이 든 웨이터가 옆의 젊은 웨이터에게 말했다. "저 영감 말이지, 지난주에 자살하려 했대." 젊은 웨이터는 왜냐고 묻는다. 그러자 나이 든 웨이터는 "아무것도 아닌 일 때문"이었다고 한다. 아무것도 아닌 일인지 어떻게 아느냐고 묻자 이렇게 말한다.

"돈이 꽤 많거든."

소설의 이 대목에서 나는 왠지 모르게 돈 말고는 모든 것들이 '아무것도 아닌 일'이었던 가난한 내 청춘이 떠올라 크게 공감이 됐다. 일이 년은 돈을 벌지 않아도 생계 정도는 가능한 경제적 여유가 생기고 나서야 자아실현이나 인간관계 같은, 지금껏 '아무것도 아니었던 일'들이 목숨을 걸 정도로 중요하게 떠오르기 시작했다. 그렇다면 꿈이나 희망을 가까이 두고 있는 지금이 오히려 청춘이란 단어에 어울리는 시기 아닐까, 문득 그런 생각이 들었다. 그때 못 누린 청춘을 지금이라도 누려보자 싶은 마음은 지나친 자기 연민일까.

3부

지금의 나를 만끽하는
작은 방법들

기획 취재를 하러 스웨덴으로 출장을 갔다. 선배에게 물어보니 출장 경비 규정에 따라 통신비는 지원이 안 된다고 했다. 출장지에 도착해서 유심칩을 사서 끼우면 몇만 원이라도 아끼겠다 싶어 로밍을 하지 않고 갔다. 사흘간의 짧은 일정이 무사히 끝났고, 돌아오는 길 경유지인 핀란드 헬싱키 공항에 내렸다. 한 시간 반의 여유가 있었다. 기념품이라도 살까 싶어 면세점에 갔다. 핀란드의 국민 캐릭터 '무민'이 여기저기에서 보였다. 무민 캐릭터를 좋아하는 대학 친구가 생각나서 인형을 하나 사려다가, 지금도 좋아하는지 모르겠고 최근엔 연락이 뜸해져서 망설이던 끝에 결국 매장을 나와버리고 말았다. 그 친구는 '스노우캣'도 좋아했다. 그러고 보니, 좋아하는 캐릭터의 취향이 일관되게 희고 단정하면서 느긋하구나 싶었다.

시간을 보니 아직 한 시간이나 남았다. 하도 돌아다녔더니 다리가 아팠다. 아무 빈자리에 앉았다. 긴장이 조금 풀려서 가방에서 가져온 책을 처음으로 책을 꺼냈다. 무라카미 하루키의 에세이 《달리기를 말할 때 내가 하고 싶은 말》이었다. 하루키는 소설가가 본업인 자신이 쓰는 에세이는 '맥주 회사가 만든 우롱차' 같다고 했다. 우롱차라. 양주를 먹는 술자리에서 양주와 색깔이 비슷한 우롱차를 몰래 부어서 마셨던 적 말고는 따로 우롱차를 마셔본 적이 없었다. 환승자의 불안한 심리 때문에선지 그렇게 술술 읽히기로 유명한 하루키의 에세이가 잘 읽히지 않았다.

내가 탈 21번 게이트 앞에 가서 앉아 있기로 했다. 게이트 앞에 갔을 때 등골이 싸했다. 다른 게이트 앞은 붐볐는데 21번 앞에는 단 한 명도 없었다. 누가 싹 쓸어간 것처럼. 항공사 직원 두 명이 게이트로 오는 나에게 왜 이제야 나타났냐고 소리를 꽥 질렀다. 게이트 위 전광판 시간을 보고, 내 핸드폰을 봤다. 아, 아…… 앗!

비행기 모드를 풀지 않아서 국가마다 다른 시간대로 재설정이 안 된 채로 공항 여기저기를 어슬렁거렸던 거였다. 한 시간이 남은 게 아니라 제시간이 넘었다니! 허둥대며 내 핸드폰 시간을 보여주면서 눈짓 발짓으로 당황스러움을 표현했다. 직원은 차갑게 어디어디로 가서 한국으로 가는 항공권을 다시 사야 한다고 했다. 다리에 힘이 풀렸다. 분명히 그 항공권은 엄청나게 비쌀 것이며, 내 실수이니 회사에서 티켓비를 줄 것 같지도 않았다. 로밍 비용 좀 아껴보겠다고 한 것이 백만 원이 넘는 편도 항공권으로 이어지다니. 나는 그 자리에 얼어붙었다.

얼굴이 빨개져서 울음이라도 터질 것 같은 내 표정을 본 승무원이 순간 딱했는지 어디론가 전화를 걸었다. 무슨 말을 나누는지 알아듣지 못했다. 전화를 끊고 그녀는 나에게 소리쳤다.

"유 아 수퍼, 수퍼, 수퍼 럭-키!"

그렇게 차 한 대가 나를 싣고 활주로에 선 항공기 앞으로 빠르게 갔다. 기내는 만석이었고 대부분 한국인이었다. 나중에 알았지만 아직 못 탄 승객 한 명 때문에 항공기 출발이 십 분 정도 늦어지고 있다고 승무원이 기내에 '정직하게' 공지를 한 뒤였다. 내가 타자마자 여기저기서 야유가 쏟아졌다. 순간 놀라서 하루키 책으로 얼굴 한쪽을 가렸는데 그 모습이 더 꼴보기

싫었을 게 분명하다. 좌석에 앉자마자 뒤에 앉은 중년 여성 무리가 혀를 끌끌 찼다. "저 하나 때문에 이게 뭐야!"

비행 내내 자숙하는 마음으로 얌전하게 숨죽이며 앉아 있었다. 내 인생에서 가장 창피한 순간이었고, 동시에 슈퍼 럭키한 사람이 된 순간이었다. 너무 극단적인 두 가지 상황이 동시에 일어나서 얼떨떨했다. 출장을 마치고 나서 알게 됐는데 로밍 비용도 청구하면 출장비로 정산받을 수 있었다. 선배들은 항공기 출발까지 지연시킨 걸 두고 이만 원 아끼려다가 벌어진 '서민 버전' 땅콩 회항 사건이라며 놀려댔다.

행운이란 건 우리가 생각하는 습관에 따라, 있기도 하고 없기도 하다. 인천에 사는 친구 Y는 아파트 청약에 자신의 이름으로 당첨이 된 후, 남편이 자신에게 "넌 운이 좋은 편 같다"는 말을 자주 하자 어느샌가 자기가 정말로 운이 잘 따르는 사람 같다는 생각이 들고 자신감이 생긴다고 말했다.

이렇게 어떤 사람은 자기 인생에 운이 따르는 편이라고 자신하고, 어떤 사람은 자신은 왜 이렇게 운이 더럽게도 없는지 깊은 한숨을 짓기도 한다. 나는 그럴 때마다 속으로 지그시 웃으며 이때를 떠올리곤 한다. 그날의 나는 슈퍼 럭키인 걸까, 슈퍼 언럭키인 걸까.

운이 좋다는 것은 어쩌면 자주 그런 식일 것 같다. 슈퍼 럭키한 일과 슈퍼 언럭키한 일은 동시에 오기도 하고 아주 간발의 차이로 벌어지기도 한다는 것 말이다. 어느 시인은 방에 들어온 벌레를 살려주려고 조심히 쓰레받기에 담아서 창을 열고 날려 보내줬는데 그 틈에 나방 한 마리가 들어와 휘젓고 다니길래 빗자루로 때려잡았다. 그러고 나서 알았다고 한다. 지금까지 자기가 한 '좋은 일'이란 건 늘 그런 식이었다고.

토베 얀손이 쓴 《무민파파와 바다》에는 이런 구절이 나온다. "삶이란 정말 흥미로워. 아무 이유도 없이 모든 게 정반대로 바뀔 수 있다니." '슈퍼 럭키'한 순간도 늘 그런 식으로 일어난다. 어떤 순간 지옥이었다가,

어떤 순간 갑자기 슈퍼 럭키하다. 머릿속에서 행운과 불운이 엎치락뒤치락한다. 견디지 못할 것 같은 기분이 들 때 이렇게 행운과 불운이 약간의 시간차를 두고 찾아올 거라는 생각을 하면 조금 더 버틸 수 있다. 그런 인생에 영향력 있는 경험들이 쌓여가면서 이런 생각이 습관이 된다면, 내가 서 있는 이곳에서 작은 행복들을 더 자주 발견하고 더 잘 지킬 수 있을 것이다.

미음

반양는

이름

이십대 때 읽은 책을 다시 보면 그땐 무심히 스쳐갔던 구절들이 큰 의미가 돼서 마음에 들어와 콕 박힌다. 신입사원 시절이었던 2008년에 샀던 《그녀에게 말하다》를 다시 읽을 때가 그랬다. 그중에서 강금실 전 법무부장관의 인터뷰가 오래도록 인상적이었다. 강 전 장관은 검찰청을 방문한 자리에서 개혁을 논하다가 "마음을 열고 대해도 상대가 안 받아준다면 어쩌겠나?"는 한 검사의 질문을 받고 "그냥 울지요"라고 답했다. 작가는 이 말에 대해 이런 감상평을 남겼다.

얼핏 "아님 말고"란 말인가 싶지만, 만사의 유한함을 알기에 도리어 주어진 목표에 순수하게 진력할 수 있는 삶의 일갈로 들리기도 했다.

힘들면 울고, 울면서 할 수 있는 데까지 하면 된다. 그것이 일을 대하는 가장 자연스럽고 건전한 태도이지 싶다. 몸과 머리 어느 쪽에도 과부하가 걸리지 않아야 한다.

'어떤 일을 하며, 어떻게 의미 있게 살 것인가'가 내 인생 최대 화두이기 때문에 다른 글을 읽으면서도 직업과 연관해 생각하곤 했다. 《아픈 몸을 살다》를 쓴 사회학자 아서 프랭크의 글에서도 그랬다. 저자는 서른아홉 살에 심장마비가 왔고, 위기를 넘기자 그다음 해에는 고환암에 걸렸다. 담담한 문장이었지만, 절망과 고독을 감춘 채 써내려갔다는 것이 절절하게 전해져 왔다. 천천히 곱씹듯 읽고 마지막 장을 덮고 나서 그의 인생을 위해 눈을 감고 기도했다. 그는 자신이 병을 주제로 글을 쓰는 것에 대해 이렇게 말했다.

질병이 제공하는 기회를 붙잡으려면 질병을 적극적으로 살아내야 한다. 질병에 관해 생각하고 이야기해야 하며 어떤 사람들, 곧 나 같은 사람들은 질병을 주제로 써야 한다. 생각하고 말하고 씀으로써 우리는 개인들이자 한 사회로서 질병을 받아들일 수 있다. 또 그때야 질병이 그리 특별한 것이 아님을 배울 수 있다.

이 구절을 보면서도 나는 질병이란 단어 자리에 직업이란 단어를 살포시 올려놓아보았다. 나는 일에 대해 늘 생각하고 일을 주제로 자주 글을 쓴다. 직접 겪어본 사람이 하는 말과 쓰는 글은 몰입도가 다르다. 적극적으로 그 경험을 공유하는 기분을 느낀다. 우리가 어떤 직업을 잘 살아내기 위해서는 자신이 하고 있는 그 일에 대해 적극적으로 생각하고, 주변에 이야기하고, 그것을 글로 써야 한다. 그래야 우리는 도구나 기능으로서만 자신이 존재하는 것이 아님을 알게 된다.

그렇게 하는 건 자신이 도구 그 자체가 되지 않기 위해서다. 어떤 일을 하다보면 너무 열심히 한 나머지 자신에 대한 가치를 부정하는 데까지 기어이 나아가는 사람들이 있다. 생각보다 많다. 그런 사람들은 실패했을 때 자기 자신을 맹렬하게 공격한다. 처음 본 사람에게도 최소한의 예의를 지키는데 정작 자신에 대해서는 도매금으로 낮춰버린다.

일에 대해 생각할 때 우리는 '나는 이 일을 잘 못한다'와 '나는 무능하다'라는 두 가지 말이 전혀 다른 말이라는 것을 알아야 한다. '무능한 사람'이 아니라 '그 일을 잘 못하는 사람'이다. 어느 부분만을 두고 자신을 통째로 판단해버리지는 말아야 한다. 일에 힘이 들거나, 어떤 일에 완전히 실패해도 자신을 비난하거나 극한으로 밀어붙이는 것에 앞서 필사적으로 자기 자신을 이해하려 해야 한다.

요가를 할 때 요가 선생님에게 자주 듣는 말은 무리하지 말라는 것이다. 옆 사람을 보면서 저렇게 숨 쉬듯 편안해 보이는 동작을 나는 왜 미간이 일그러지면서 애쓰는데도 되지 않는가 싶어질 때가 있다. 그렇게 하면 요가는 늘지 않는다. 오히려 '난 너무 뻣뻣해'라고 좌절하면서 포기하게 된다.

요가가 늘려면 서툴고 아픈 걸 당연하게 받아들여야 한다. 통증을 견딜 수 있는 데까지 견디면서 하다보면 점점 덜 아프고, 어느샌가 자연스럽게 버틸 수 있게 된다. 내가 할 수 있는 데까지만 한다. 그게 어느 정도인지를 스스로 감각적으로 느끼고, 그 한도를 늘려가는 것이 바로 요가다. 남이 그 동작을 한다고 나도 억지로 물구나무를 서고 있는 것이 아니라, 내가 할 수 있는 한에서 한번 해보는 것이다. 그게 안 되면, 내게 무리라고 생각되면, 나도 마음속으로 '한번 울고' 나서 더 이상 애쓰지 않고 요가 매트 위에 널브러져서 호흡을 가다듬는다.

왜 그동안 내가 억지스럽게 살고 있다는 것을 인지하지 못했을까. 그것은 내가 나에게 무관심했기 때문이다. 부자연스럽다는 것이 어떤 때는 유능함으로, 익숙함으로 다가왔다. 그 둘을 가르는 기준 자체가 모호해졌기 때문에 나는 나 자신을 올바르게 진단할 수 없는 상황이었다.

사회사상가 존 러스킨은 사람들이 일에서 행복하기 위한 조건 중 하나로 "너무 많이 해서는 안 된다"는 것을 들었다. 아무리 적성에 맞는 일도 너무 많이 하면 나 자신이 훼손되고, 부서지고, 갈린다. 아주 단순하지만, 본질을 꿰뚫는 말이다.

어떤 기대나 좌절, 불안은 내가 스스로에게 부과한 기준 때문에 생긴다. 자연스럽게 살기. 그런 습관을 들이고 싶은데, 될까? 이런저런 생각을 하다가 결국 늘 이 짧은 물음으로 끝이 난다. "지금의 나는 어떤가."

정치적
배려

옮긴이 박혜준

서른 살 무렵 첫 회사를 그만두고 나서 한동안 헤매었을 때, 누가 괜찮은 일자리가 있다고 해서 면접을 봤다가 허를 찌르는 질문에 별말도 못 하고 떨어졌다. 시험에서 떨어진다는 말에서 '떨어지다'는 표현이 새삼 절묘하게 느껴졌다. 탈락 소식을 홈페이지에서 확인했을 때 실제로 낮은 곳에서 더 낮은 곳으로 뚝 떨어지는 아찔한 기분이었기 때문이다. 이때뿐만이 아니다. 끝도 없는 아래로 떨어지는 듯한 느낌을 나는 시험과 면접 등 여러 평가를 받을 때마다 자주 느꼈다.

아리스토텔레스는 자신감 있는 사람은 한 번도 실패한 적이 없는 사람이거나, 많은 위기를 겪었지만 그때마다 결국에는 늘 벗어날 수 있었다고 생각하는 사람이라고 말했다. 후자가 바로, 자기 자신을 믿는 사람들이다. 과거가 현재의 자신을 단단히 뿌리내리게 하는 사람이다. 시험이든 뭐든 뚝 떨어지는 것에 두렵지 않은 사람도 마찬가지로 결국 될 거라고 굳게 믿는 사람일 것이다. 나는 그렇지 못해서 매번 절절매고, 서러워서 울고, 인생 망치는 것처럼 불안해했다.

지난 경험을 총동원하고도 역시나 불안한 마음에 젖어들 때면 의식적으로 떠올리는 이야기 하나가 있다. 안데르센 동화 《완두콩 공주》다. 왕자는 진짜 공주와 결혼을 하고 싶어서 여러 나라의 수많은(?) 공주들을 만나지만 그들이 모두 진짜 공주가 아니라고 생각한다. 그렇게 자신의 짝을 찾지 못하고 낙심하고 있던 중 하루는 비가 억수로 내린다. 물에 빠진 생쥐처럼 젖어서 거적 옷을 입은 한 여자가 자신이 공주라고 주장하며 성문을 두드린다. 왕비는 손님용 침실의 침대보를 걷고 몰래 완두콩 한 알을 넣는다. 그리고 그 위에 침대요 스무 장을 덮는다. 그 위에 또 솜이불 스무 장을 덮고 나서야 공주를 침대에서 자게 한다.

　아침이 되어 잘 잤느냐고 묻자 공주는 "밤새도록 한숨도 못 잤어요. 침대 밑에 딱딱한 것이 있었거든요. 온몸에 멍이 들었답니다"라고 말한다. 공주의 말을 듣고 그제야 왕비와 왕자는 '진짜 공주'가 나타났다고 여기며 매우 기뻐한다. 극도로 예민한 걸 보니 진짜 공주라고 생각해서다. 이 동화는 왕자와 공주가 혼인을 하는 해피 엔딩으로 끝이 난다.

이 이야기 전개는 황당하다. 이따위 기준이 도대체 어디 있는가. 나는 어릴 적 이 이야기를 읽었을 때 어떠한 교훈도 찾지 못하고 테스트에서 떨어진 가짜(?) 공주들의 분노에 더 친밀함을 느꼈다. 가짜라고는 했지만 그녀들이야말로 진짜 공주일지도 모른다고 생각하며.

이 동화는, 내가 본 숱한 면접을 포함한 사회생활의 코미디 같은 면이기도 하다. 생각지도 못한 기준으로 사람들을 평가한 다음에 '당신은 부적격자'라고 통보한다. 졸지에 탈락자가 된 사람은 이내 자신의 부족함을 반성하기 마련이지만, 자기가 고작 완두콩 때문에 떨어진 줄은 꿈에도 모를 것이다.

타인의 평가는 참고할 만하긴 하지만 내 삶을 평가하는 심층 면접관은 오로지 나 자신뿐이다. 다른 사람의 평가는 때때로 기분을 치솟게 하거나 지하로 추락하게 한다. 하지만 그 순간은 짧다. 결국 우리는 결과가 아니라 과정에서 행복감을 느끼지 못하면 아주 찰나의 행복 뒤에 오는 기나긴 우울감을 맞닥뜨리게 된다. 신호를 무시하고 시속 백오십 킬로미터로 과속하는 차는 언젠간 사고를 내고 멈춰 서게 된다. 결과만 보고 달리는 것은 스스로 속도를 조절하지 못하고 방향을 설정하지 않은 채 운전대를 잡고 있는 것과 같다.

과정에서 만족감을 느끼기 위해서는 단단한 자기 믿음과 확신이 필요하다. 나는, 나를 쉽게 포기하는 사람이 아니라는 믿음이 필요하다. 잘못된 것이 있다면 기꺼이 나를 변화시킬 용의가 있는 사람이라는 확신 말이다. 내가 객관적인 눈을 가질 정도의 솔직함을 유지하고 있는 건, 강한 사람이기 때문이라는 믿음도 필요하다.

어쩌면 나는 힘 있고 능력 있는 사람이 되기를 일찌감치 포기하고, 내 몸을 가볍게 하는 데에 그동안 온 힘을 쏟았는지도 모르겠다. 시간과 돈을 내어 낯선 곳으로 여행하고, 의식적으로 느슨하게 지내면서 멈춰서 생각하는 것도 나를 스스로 가볍게 하기 위해서다.

지금 현재의 나를 만끽하기 위해서는 더 섬세해지고 동시에 가벼워질 필요가 있다.

그 사물을 누에에 헤는 지

추석 하루 전날, 남편과 시가에 가는 길이었다. 우리가 탄 시내버스는 승객이 적어 한산했다. 맨 뒷자리로 가 앉았다. 버스가 한강 마포대교를 넘어섰을 때 옆에 앉은 남편에게 말했다. "시댁이 아니라 시가라고 말해야 한다는데? 우리 집 말할 때 처댁이 아니라 처가라고 하잖아. 앞으론 그렇게 말해야겠어." 나름의 선언이었는데 남편은 눈을 한두 번 껌뻑이더니 "오, 맞아!"라고 말했다. 그게 귀엽기도 해서 피식 웃음이 났다.

다시 스마트폰으로 고개를 돌린 남편의 밋밋한 옆얼굴을 새삼스레 쳐다보다가 결혼 전 시가에 처음 인사를 갔던 때가 생각났다. 남편이 화장실을 갔었던가. 긴장감에 슬쩍 담배를 태우러 갔었는지, 어쩌면 미리 짜놓은 각본에 있었는지는 몰라도 그가 잠시 자리를 비웠다. 그때 예상 질문 리스트에서 벗어난 질문이 들어왔다. (난 늘 질문에 약하다.) 내 아들의 어디가 좋냐는 것이었다. 지금 생각하면 충분히 예상 가능한 질문이지만, 그때는 내가 도대체 무슨 옷을 입고 가면 예비 며느리로서 좋은 인상을 주면서도 앉고 서기에 편할지, 어떤 선물을 가져가야 부담이 안 되면서도 센스가 있다는 걸 보여줄 수 있을지, 우리 부모님이 뭐 하시냐고 물어보면 어느 정도까지 구체적으로 말해야 할지 그런 것들에만 몰두해 있었다. 모범 답안처럼 특징 없고 무난한 답을 하는 게 그날의 목표였지만, 그 순간에는 곧바로 대답이 튀어나왔다. 서로 말없이 마주 보고 있는 그 침묵의 무게를 견디는 게 더 힘들었기 때문이었다.

"못생겼는데, 귀여워요."

예상치 못한 답변에 예비 시어머니는 좀 당황한 눈치였지만, 남편이 제자리로 돌아오면서 추가 질문은 (다행히) 받지 않았다. 나중에 들어보니, 그 말이 좋았다고 한다. 막내아들이 못생겼다는 말에는 절대 동의하지 못하겠지만, 귀엽다는 그 말이 참 듣기에 좋았다고 했다.

귀엽다는 말이 좋다. 귀여움의 힘은 강력하진 않지만 포용 범위가 넓다. 어린아이의 아장거림, 작은 손짓 하나에도 귀여움을 찾을 수 있다. 백 살이 다 된 노인에게서도 귀염성을 느낄 수 있다. 서툰 실수에 귀가 갑자기 확 빨개지는 수줍음 많은 사람을 보고도 속으로 귀엽다고 생각하기도 한다.

귀엽다는 말은 때에 따라 "기특하다"가 될 수 있고, "사랑한다"도 될 수 있고, "호감이 있다"는 말도 된다. 늘 좋은 건 아니어서, 상황과 어감에 따라서 "만만하다"로 들릴 수도 있고, 제 아래로 얕잡아 보는 말일 수도 있다. 가끔은 상투적으로 아이에게 딱히 달리 할 말이 없을 때 가장 무난한 말로 "귀엽다"는 말이 쓰인다. 아이에게 귀여운 건 기본값이니까.

한번은 광화문의 어느 교회 근처에서 몽당연필 같은 할머니가 예쁜 모자를 쓰고 분홍빛 투피스를 입고 아주 자잘한 걸음으로 천천히 걸어가는 것을 보았다. 그 모습이 정말이지 귀여워서 눈길이 멈췄다. 나도 모르게 조금 거리를 두고 따라갔다. 소녀를 좋아해서 졸졸 훔쳐보며 따라다니는 시골 코흘리개 남자아이가 된 기분이었다. 너무 반짝거리게 입어서 내가 말을 걸 수도 없는. 슬쩍 보니 어디서 본 얼굴인데 싶었다. 뒤돌아가면서 그녀가 배우 사미자 씨라는 것이 퍼뜩 생각났다. 정말 귀엽구나. 할머니도 귀엽구나. 장래희망으로 귀여운 할머니가 되고 싶다고 했던 한 작가의 다짐이 생각나기도 했다.

그렇게 우연히 그녀를 보고 내 갈 길을 가는 길에 문득 돌아가신 나의 할머니 생각이 났다. 내 기억에 외할머니는 전형적인 할머니 상과는 거리가 멀었다. 손자들만 유독 싸고돌았고 손녀인 내게는 전혀 다정하지 않았다. 한번은 1.2리터 페트병 콜라에 빨대를 꽂아 마시고 나서 할머니에게도 한 모금 마시라고 내밀었더니 할머니는 "네 침이 들어간 걸 어떻게 마시냐?"라며 인상을 팍 쓰며 거절했다. 꼭 그렇게까지 하지 않아도 우리 엄마보다 키가 크고 덩치도 좋은 할머니를 보면 늘 위축이 됐다. 기골이 장대한 할머니가 왜 하필

나의 할머니인지 맘에 들지 않았다.

　그런 할머니가 돌아가셨다는 연락을 엄마에게 받았
다. 나는 회사에 휴가 결재를 올리고, 엄마의 고향인
전남 완도에 내려갔다. 섬이라고는 하지만 사실상 육
지였다. 큰 다리가 놓여 있어서다. 하지만 나는 섬과
육지 사람 간의 간극처럼 그곳을 완전한 육지로 보기
란 영영 불가능하다고 느낀다. 완도는 성인이 되고 나
서는 할머니가 요양병원에 누워 계실 때 병문안을 한
번 다녀온 게 전부였다. 추억이 거의 없어서 슬픔이란
감정도 찾아오지 않았다. 엄마 없는 엄마가 된 내 엄마
는 핼쑥한 얼굴로 나를 맞았다. 다른 친척들도 있었지
만 왕래가 없어서 서먹서먹했다. 그저 간만에 합법적
으로 회사 일에서 벗어나 섬마을에서 쉬는 기분이 들
었다.

　그러다 엄마였는지, 엄마의 연년생 동생인 이모였는
지 확실히 기억은 나지 않지만 누군가가 썰렁한 빈소
구석에 어색하게 앉아 있는 내 앞에 "배고프지?" 하면

서 전복죽 한 그릇을 내려놓았다. 아주 진한 녹색의 죽을 내려다봤다. 나는 그때까지 전복죽을 입에 대지 않았다. 해산물을 좋아하지 않는 데다가 내장이 터지면서 스며들었다는 그 푸른빛이 영 맘에 들지 않아서였는데, 어떤 마음에선지 평소의 나답지 않게 전복죽에 과감하게 숟가락을 푹 담가서 입으로 가져갔다. 풍부하게 고소하고, 다정한 맛이었다. 정신없이 바닥까지 비우고 나니, 비로소 할머니 집에 가서 뭔가를 얻어먹은 기분이 들었다.

그 뒤로는 전복죽을 좋아하게 됐다. 할머니가 돌아가신 지 십 년이 다 되었지만 전복죽을 먹을 때마다 할머니 생각이 난다. 나를 이렇게 변하게 만든 추억을 하나 주고 떠난 지금이라면, 아무리 기골이 장대하고 예민하며 대놓고 손자만 편애했던 할머니에게서도 어떤 귀여움을 발견할 수 있지 않을까. 일요일마다 전국노래자랑 프로그램을 크게 틀어놓고 흥얼거리는 모습, 할아버지와 고스톱을 칠 때 필요 이상으로 진지하게 화투패를 고르는 모습, 말할 때 늘 "오메, 오메"로 시작해 본론으로 들어가는 말버릇까지 그전에는 아무 의미 없던 순간들이 추억으로 바뀌며 귀엽게 느껴졌다. 언젠가 내가 그 엄청난 나이에 다다를 거란 생각을 하면서 존경 같은 것이 잠깐 일기도 했다. 그제야 알았다. 귀여움이란 단어를 그 사람과 연결지어 떠올리기 시작하면 온갖 날카로운 단어들이 의미를 잃고 그 자리에 순한 단어들이 힘을 얻어 쑥쑥 자라난다는 것을.

제3부 심리전과 기획 전쟁

계절 맞이 대청소를 한 것도 아니었는데 갑자기 무슨 바람이 들었는지 주말 오후에 충동적으로 책장 다이어트에 나섰다. 서재라고 하기엔 빈약하지만 책장으로 가득 차 있는 작은 방으로 들어갔다. 책장을 정리하는 데 특별한 기준은 없었다. 유일한 기준은 "설레지 않으면 버려라"는 곤도 마리에의 강력한 슬로건 뿐이었다. 그녀의 말을 책장에 적용하자! 나는 제목을 봐도 두근거리지 않고 다시 첫 페이지를 펼치고 싶은 마음이 안 드는 책들을 솎아내서 바닥으로 내려놓았다.

그렇게 하다보니 백여 권이 쭉정이 신세가 됐다. 그 중에서 다시 열아홉 권을 골라 온라인 중고서점에 택배로 보냈다. 나머지는 기증처를 찾아보기로 하고 한쪽에 쌓아뒀다. 일주일 뒤쯤 중고서점에 보낸 책 중에서 두 권이 다시 우리 집으로 돌아왔다. 판매불가 판정을 받았다는 문자메시지와 함께.

1. 알렉시스 드 토크빌 《미국의 민주주의1》 판매불가

사유-곰팡이.

2.《미국의 민주주의2》판매불가 사유-5페이지 이상 밑줄.

대학 전공수업 교재로 쓴 두꺼운 두 권짜리 책으로 단가가 제법 셌는데 아쉬웠다. 이십 년 된 책이라 쿰쿰한 책곰팡이 냄새(나는 좋아한다)가 났다. 밑줄을 지워서 보내볼걸 하는 후회가 들어서 인터넷 사이트에서 중고책 매입 기준을 찾아봤다. 한 가지 신기한 것은 책의 저자가 한 사인은 낙서 기준에서 예외지만, 'ㅇㅇ님에게'라고 쓰여 있으면 아무리 저자 사인이어도 낙서로 간주한다는 조항이었다. 내 책 앞장에 내 사인(내 이름과 작은 메시지)을 받아간 몇몇 독자들이 스쳐 지나갔다. 김연수, 김금희 같은 내가 좋아하는 소설가의 사인회에 가서 줄을 선 다음 내 차례가 되면 "앗, 제 이름은 쓰지 말아주세요"라고 말하는 장면을 한번 상상해보고 혼자 실없이 웃었다.

내 책장에 꽂힌 소설 대부분은 대학교 시절에 사 모 았던 것들이었다. 아르바이트비를 받을 때마다 나를 위한 선물로 책을 샀고, 누가 선물을 주겠다고 하면 책을 사 달라고 했다. 그렇게 선물로 온 책의 맨 앞장이나 맨 뒷장에서 갑자기 튀어나오는 그 시절 편지 같은 메모들이 나를 놀라게 했다. 대학 때 읽다 포기한 소설 《롤리타》를 몇 페이지 읽는 동안 나는 책 내용에 집중하지 못하고 대학 시절을 자꾸 떠올렸다. 그리고 과거의 어떤 순간들에 대해선 조금은 후회하고 있다는 사실을 깨달았다. 그때 좀 더 열심히 살걸. 연애는 적당히 하고 어학연수에 한번 도전해볼걸 등등. 《노인과바다》를 쓴 어니스트 헤밍웨이는 생전에 대단한 술꾼이었는데 소설가답게 이렇게 멋있는 말을 남겼다고 한다.

"정말로 이상한 일이야. 이 술에서 후회와 똑같은 맛이 나. 진정한 맛을 지니고 있지만 사라져버려."

정말이지 그랬다. 그날 나는 과거의 몇몇 순간에 강력한 후회를 하긴 했는데 책을 덮고 조금 지나니까 알코올 증발하듯 잘도 잊었다. 그날 저녁에 오래된 영화를 보다가 아홉 시가 넘어서 출출해져 군만두를 안주삼아 캔맥주 두 개를 벌컥벌컥 마셨다. 누가 보든 명백하게 그 시간이 영양가 있는 시간이라고 보기는 어렵다.

다음 날 오후. 다시 한번 《롤리타》 읽기를 시도해보았다. 역시나 몇 장 못 가서 실패했다. 그런데 이 책을 후루룩 넘기다가 맨 뒷장에서 연필로 쓴 글씨가 발견됐다. 'Two branches of one tree.' 보자마자 기억이 났다. 존 레논의 노래 〈Grow old along with me〉의 가사였다.

Grow old along with me
함께 늙기로 해요, 나와 함께.
Two branches of one tree
한 나무의 두 가지들이

Face the setting sun

지는 해를 바라보는 것처럼.

When the day is done

하루가 다 저물 때

God bless our love

하나님은 우리 사랑을 축복하지요.

난데없이 책 속에서 사랑 노래 가사가, 내가 아닌 다른 사람의 글씨체로 쓰인 채 발견된 것이다. 이 난데없는 사랑 글귀의 주제가 변함없는 사랑이라 더 기이했다. 이 글을 쓴 사람을 나는 어렴풋이 기억하고 있다.

이건 시작에 불과했다. 기증할 책을 정리하는 동안 스물 몇 권의 책에서 이런저런 인연들이 나에게 선물로 주며 남긴 메시지나, 내 책에 나 몰래 끄적거린 메모들이 크리스마스 팝업 카드처럼 마구 튀어나왔다. 조정래의 대하소설 《한강》에는 열 권 모두에 메모가 있었다. 책에 적힌 끄적거림으로 헌책들의 가치는 몇백 원씩 추락하거나 심하면 판매불가로 판정날 게 자명했다. 일기장을 아무나에게 보여주고 싶지 않은 것처럼 그런 책을 누군가에게 보이고 싶지도 않았다. 그래서 결심했다. 그냥 버려야겠다.

노란색 마트 쇼핑백 몇 개에 그 책들을 담아서 엘리베이터를 타고 내려갔다. 재활용 종이를 담는 커다란 마대자루 맨 안쪽에 추억으로 오염된 그 책들을 조신하게 내려놓고는 뒤도 돌아보지 않고 돌아섰다.

내 청춘과 얼키고설켜 있는 책들을 버리고 오니 추억의 한 조각을 버리는 것 같았지만, 그게 과거의 상실로 느껴지지 않았다. 그 시절에 대한 어떤 부끄러움과 미움들이 사라지면서, 비로소 청춘의 문을 닫고 돌아서는 기분이 들었다. 분리수거장에 책을 두고 가볍게 빈손으로 돌아오면서 뭔가가 달라졌다고 느꼈다. 논리적으로는 말이 안 되는, 생뚱맞은 기분이라고 생각해도 그땐 그렇게 드물게 충만한 느낌이 들었다. 맨 꼭대기 층인 우리 집으로 엘리베이터가 올라가면서, 그 잠깐의 상승하는 듯한 기분 덕택일지도 모르겠다.

이 순간을 제대로 설명하기 위해서는 시간이 조금

더 지나야겠구나 생각했다. 이 시간도 곧 과거가 될 것이다. 미래의 내가 이 짧지만 강렬한 시간을 어떤 식으로 기억하게 될지 궁금하다. 앞으로 어떤 일상이 과거가 되어갈 것인지.

형벌 | vs | 힐링드림

퇴사하고 나서 내 책이 나오자 전 직장 동료들이 축하한다고 연락이 왔다. 한번 뭉치자는 얘기로까지 발전하면서 광화문에서 일 년 만에 만났다. 오는 길에 내 책을 사 온 동료도 있었다. 일부러 멀리해왔던 언론계 사람들과 재회하니 옛 술자리 습성들이 순식간에 되살아났다. 소맥이 몇 바퀴 빠르게 돌았다. 퇴사자 한 명, 퇴사 희망자 세 명이 모여서 하는 '공장' 얘기들은 전보다 더 신랄했다. 분위기가 무르익었을 때 한 명이 후배의 취재 보고 전화를 받았다. 알아보라고 시킨 제보 건이 기삿감이 아니라는 내용인 듯싶었다. 그는 통화를 마치고 나서 혼잣말하듯 말했다.

"얘는 애티튜드가 영……."

애티튜드. 나도 자주 쓰던 말이었는데, 그땐 좀 생소한 느낌이 들었다. 태도라는 단어 대신에 굳이 '애티튜드'라고 말한 이유는 뭘까. 조금 고리타분해지는 것을 막고, 상대가 기본적인 센스가 없다는 느낌으로, 발음도 부드럽지 않은 이 영어 단어를 썼을지 모르겠다. 드라마 〈스카이캐슬〉에서 대학병원 의사 강준상이 딸을 구하기 위해 외면했던 아이가 자신의 딸임을 뒤늦게 알게 돼 크게 오열하는 장면에서, 그의 어머니는 언짢아하며 말한다. "손님들 계신데 이게 무슨 애티튜드야!"

나는 지난 책에서 직장 생활에서는 태도가 중요하다고 한 꼭지를 따로 떼어내 쓰기도 했다. 극소수를 제외하고 우리 대부분은 고만고만한 능력을 가지고 있고, 그렇다면 거기서 우리의 성과를 가늠하는 것은 결국 일을 대하는 태도라는 이야기였다. 책이 나오고 이 부분에 공감을 많이 했다는 직장인 독자들의 피드백도 받았다.

그런데 나는 이때 어떤 애티튜드를 취해야 할지 조금 난감했다. 왜냐면 그 후배는 나에게 정말이지 좋은 애티튜드를 보여줬던 후배였기 때문이다. 나와 연차가 비슷했던 그 후배는 선배의 지시를 받으면 아주 숙고해서 하는 스타일이었다. 열심히 하고, 잘 해내고 싶어 했다. 뭘 알아보라는 취재 지시가 내리면 관련 논문까지 찾아내고, 그것을 쓴 연구자 연락처까지 알아내서 통화할 정도로 깊이 팠다.

하지만 취재라는 게 그렇게 알려고 들면 들수록 '얘기가 된다' '안 된다' 이 두 가지로 구분이 되는 게 아니라 점점 더 모호해진다. 대충 겉핥기로 취재하면 "저놈들이 바로 죽일 놈들이다!"라고 말할 수 있는데, 오히려 깊이 있게 들어가면 각자 나름의 이야기들이 있어서 선과 악, 내 편과 네 편 구분이 어려워진다. 후배는 그 모호함에 종종 빠지는 편이었다.

판단을 하는 자리에 있을수록 우리는 비난의 문화에 물든다. 어떤 문제가 생겼을 때 본인이 책임을 져야 하는 게 자기 일이 되고, 그래서 쉽게 애티튜드를 지적한다. 너의 애티튜드만 달랐어도 충분히 할 수 있는 일이었다고 지적한다. 할 수 있는 일을 하지 않으니까 화가 난다고도 한다. 이 말에는, 나는 너에게 화를 낼 충분한 자격이 있고 합리적인 사람이라는 의미가 숨겨져 있다. 애티튜드를 강조하면 그 직원에게 따로 업무를 알려줄 것도 없다. 그의 싹수없음 자체가 문제의 원인이기 때문이다. 이게 맞을까? 직장 상사라면 애티튜드에 앞서 생각해야 할 것들이 많은 것 같다.

'혹시 애초에 어떤 다른 문제가 있지 않았을까?'

'의지를 꺾거나 용기를 사라지게 하는 이유가 있지 않았을까?'

'내가 책임을 더 많이 진다면 더 적극적인 태도를 가지게 되지 않았을까?'

'어쩌면 나의 업무 지시 자체에 어떤 판단 오류가 있지 않았을까?'

판단 기준에서 애티튜드를 빼고 생각하면 우리의 사회생활은 어떻게 달라질까. 적지 않은 것들이 그동안 모습을 감추고 있었다가 수면 위로 빼꼼히 올라올지도 모른다. 물론 그편이 훨씬 복잡해 보이고 골치가 아파 보이긴 하다.

살아갈수록, 내가 다닌 '공장'에서 제 발로 떨어져 나와서 지낼수록, 여러 방식의 애티튜드들이 뒤늦게 이해가 된다. 그리고 반성한다. 다른 사람을 향해서 "그 정도는 기본!"이라고 했던 그 애티튜드가 나(우리)만의 기준은 아닌지. 나(우리)의 기준만을 내세우는 애티튜드는 아니었는지 말이다. 애티튜드를 중요하게 생각하는 게 타인을 향한 공격이 될 수도 있지 않을까. 애티튜드를 논하던 나의 애티튜드를 반성하게 됐다.

우리는 다른 사람의 행동을 비판하는 선에서 그치지 않고 종종 그 사람 자체를 통째로 평가하고 판단한다. 그런 평가와 판단은 공격이 된다. 전체가 아니라는 경계선을 그은 다음에 그 행동에 대한 리액션을 하고, 그 사람 전체에 대한 평가는 할 수 있는 한 가장 나중으로 미뤄둬야 한다. 그것은 사람에 대해서만은 판단의 명쾌함보다 오판의 위험을 우선시해야 하기 때문이다.

어쩌면 애티튜드를 진짜 비난할 수 있는 사람은 자기 자신뿐이다. 다른 사람은 과정의 정당함과 결과의 유익함으로만 판단하면 된다. 그렇게 살아가면서 나

자신이 스스로 옳다고 했던 것들을 기꺼이 수정해나
간다. 보면 볼수록 고칠거리가 보이는, 애증의 내 초고
처럼.

타인에게 무해한 사람이 되고 싶어 하는 나로선, 이
렇게 또 내가 쓴 과거의 글을 배신하면서 독자에게 사
과의 말을 전한다. 내가 그 소용돌이에서 빠져나왔기
때문에 비로소 오류를 깨닫게 된 것이기도 하다. 지금
다시 조직 안으로 들어가면 숱한 오판을 좋은 판단이
라고 다시 착각하게 될 것이다. 과거를 생각할수록 나
는 무고한 피해자가 아니라 무심한 가해자 쪽으로 위
치를 옮겨가게 된다.

죄송한데 생각이 바뀌었다고요. 나는 어디를 향해서
말해야 할까. 그 술자리에 집중하기가 쉽지 않았다. 시
간이 흘러 이만하면 됐다고 모두가 느꼈을 때 자리에
서 동료들이 주르르 일어났다. 애티튜드를 말하던 그
는 내 책을 테이블에 그대로 두고 일어섰다. 그 책에서
등장한 나와 현재의 나는 조금 달라졌으므로, 그 책을
읽으라고 하는 게 과연 맞을까 생각이 들었다.

그래도 이전의 나도 사랑하는 마음으로, 모자란 글도 엄연히 나의 일부이기에 출입구로 가고 있는 그를 붙잡아 세웠다. 다급하지 않으면서도 중요한 내용을 말하는 애티튜드로. 서운해하지는 않고 위트 있으면서도 살짝 미안해할 정도의 톤 앤드 매너로.

"저기, (금쪽같은) 내 책이 저기 물통 옆에 있는데…… 버린 건 아니지?"

내가 좋아하는 것을 알게 되는 순간

"거기는 사람이 살아서 갈 수 있는 유일한 천국이야."

동료 기자가 말했다. 그는 일 년에 한 번 가족여행을 간다고 했다. 여행지는 하와이. 올해도 하와이에 다녀왔고, 작년도 하와이, 재작년도 하와이였단다. 그리고 내년에도 역시 하와이를 갈 거라고 했다. 갔던 곳을 매년 가는 그의 여행법이 흥미로웠다.

그가 간증하길, 거기가 바로 지상낙원이란다. 그렇기 때문에 어디서 자는지는 전혀 중요하지 않다고 했다. 숙소에서 눈 뜨자마자 바로 밖으로 나가고 싶기 때문이란다. 잠자는 시간도 아깝다고 했다. 열정적인 하와이 찬양과 생생한 간증에 본디 귀 얇은 나는 영혼을 빼앗겨버렸다. 아마 그때 내 주변 상황이 현세 지옥 같다고 느껴서 그 말이 더 다디달게 느껴졌을지도 모르겠다.

하지만 그는 나의 허니문이 자신의 간증과는 정반대로 펼쳐질지 미처 알지 못했을 것이다. 나와 남편이 공항에 도착한 다음 날부터 거센 폭풍우가 하와이 호놀룰루 섬에 몰아닥쳤다. 호놀룰루에 그렇게 큰 비는 잘 오지 않아서 다들 허둥지둥댔다. 해변가에 있던 주민들은 물이 넘칠까봐 일부러 맨홀 뚜껑을 열어놨고, 하수도는 오폐수를 벌컥벌컥 토해냈다. 쏟아지는 빗물과 함께 더러운 물이 거리로 넘쳐흘렀고, 그게 가까운 바다로까지 흘러들어갔다. 결국 와이키키 해변은 폐쇄됐다. 이렇게 바다로 흘러간 오폐수 양이 189만 리터가 넘었다. 아니, 하수구 물이 흐르는 천국이라니! 아무리 여행이 예측 불가한 것이라지만 천국으로 떠난 우리의 허니문이 이렇게 될 줄이야. 상상력의 한계를 벗어나도 한참 벗어났다.

졸지에 낡은 호텔에 처박히게 된 우리는 가까운 거리에 있는 레스토랑을 다니며 식비를 흥청망청 썼다. 육즙 가득한 스테이크와 푸짐한 시푸드, 서너 가지씩 안주를 시켜서 수제 맥주와 와인을 마셨다. 하지만 남편은 먹을 땐 곧잘 먹었지만 금세 기운 빠져했다. 여행 일주일째가 됐을 때 그는 슬픈 눈빛을 보내며 내게 말했다. 얼큰한 국물이 몹시 당긴다고.

승무원들이 많이 간다는 한식당에 가서 김치찌개와 제육볶음을 시켰다. 반주로 소주를 한 병 시키려고 했는데 메뉴판에 적힌 만오천 원이라는 가격을 보고 깜짝 놀랐다. 주문을 주저하는 나에게 남편은 "그게 이번 신혼여행에서 우리가 먹은 술 중에 제일 싸"라고 말하며 거침없이 시켰다. 그는 소주를 마시며 찌개를 바닥까지 싹싹 긁어먹었다. 그리고 우리는 여행 일정을 통틀어 가장 맛있었다며 좋아했다. 우리가 이렇게 한식을 사랑하는지 몰랐다면서. 둘 다 배가 터질 정도로 먹고 나서 기분 좋게 나왔다.

인생 전체로 보면 아주 작은 순간에 불과했지만, 내가 처한 상황을 피할 수 없다면 행복과 비슷한 뭔가를 찾아내서 기어이 좋은 추억으로 만들어낸 경험이었다.

스톡데일 패러독스Stockdale paradox라는 게 있다. 우리말로 하면 '희망의 역설'이다. 베트남 전쟁 때 포로로 잡혀갔다가 팔 년 만에 풀려난 미국 장교 스톡데일의 이름을 땄다. 살아남은 그는 포로수용소에서 가장 힘들어했던 사람은 '단순한 낙관주의자'들이었다고 회고했다. 크리스마스 때까진 나갈 수 있겠지, 하다 안되면 부활절, 부활절이 지나면 추수감사절, 이런 식으로 믿고 있었던 낙관주의자들은 희망이 꺾일 때마다 정신적 고통을 크게 느끼며 극도로 절망했다는 것이다.

반면에 포로수용소에서 마지막까지 살아남은 사람은 '낙관적 현실주의자'들이었다. 끝내 잘될 거라는 믿음은 가지고 있지만, 당장 눈앞의 냉혹한 현실을 바로보는 이들이다. 그들은 마음을 단단히 먹고 하루하루를 버텨야겠다는 생각을 했다. 미국 인기드라마 〈프리즌 브레이크〉의 주인공 스코필드가 낙관적 현실주의자의 전형이다. 나는 나갈 수 있다, 언젠가는 반드시나갈 것이다, 라고 생각한다. 그러면서 오늘 당장 할수 있는 일을 한다. 작은 나사못 하나를 교도관 몰래테이블에서 빼내는 데에 최선을 다하고, 그것을 손에넣으면 기뻐한다.

우리도 이렇게 낙관적 현실주의자의 마음을 가지고 우리 각자의 삶을 경영해나가는 게 좋다. 근거 없는 낙관은 현실을 바로 보지 못하게 하고 우리를 저만치 도태시키기 때문이다. 나중에서야 자신의 꼴이 우스워졌다는 걸 알게 된다.

늘 기쁜 일만 있거나 기분 좋을 수만은 없다. 그렇다면 지금 이 자리에서 내가 할 수 있는 일은 무엇인가. 그것을 생각하는 데에 집중한다. 그래야 나만의 데이터베이스가 쌓이고, 나에게 다정한 인생 플랜을 짤 수 있다. 미래를 낙관하되 현실을 직시하라. 지금의 나에게 정신 차리라고 하는 소리다. 오늘 나사못이라도 하나 건지라고.

크레이커 유령커이유 런잔, 그

도서관에서 하는 글쓰기 정규강좌 첫 수업이었다. 개량 한복을 입은 칠십대 수강생 B씨가 앉아 있었다. 수업이 끝나갈 즈음 그가 나에게 물었다.

"당신이 나를 가르칠 자격이 있다고 생각합니까."

순간 멍해졌다. 그는 내가 쓴 책을 서점에 가서 읽고 수업에 들어왔다고 했다. 내가 첫 에세이를 출간한 지 얼마 안 됐을 때였다. 아차, B씨의 질문은 아직 끝이 나지 않았다. 그는 내 책을 보니 별다른 고생이랄 것도 하지 않았는데 치유의 글쓰기란 강좌명을 내세울 자격이 있다고 스스로 생각하는지 물었다. 뒤따르는 말은 "뭐, 전쟁을 겪어본 것도 아니고."였다.

내공이 없던 나로서는 십여 명의 수강생들이 빤히 쳐다보기만 해도 그 자체로 가슴이 콩닥콩닥했는데, 이런 식의 질문은 내게 핵폭탄급으로 다가왔다. 전쟁을 겪지도, 배를 곯아보지도 않은 나는 얼굴이 빨개지면서 당황했다. "어, 그건 그렇지만……" 생각나는 대로 지껄이면서 허공에 허둥대는 손짓에서 내 감정이 고스란히 노출됐다. 신인 뮤지컬 배우가 무대 위에서 대사를 통째로 까먹고 얼어 있는 모습을 지켜보는 관객들처럼 수강생들은 안쓰러운 눈빛을 나에게 던지고 있었다. 결국에는 "생각해보겠습니다……"라고 말을 맺었던가. 어떻게 대답을 했는지 기억도 잘 안 난다.

B씨는 그다음 주에도 질문을 던졌다. 매번 성실하게 일찍 와서 맨 앞자리에 앉았다. 턱 바로 아래서 빤히 보고 있으니 꽤 신경이 쓰였다. 수업을 망친 것 같아 괴로워하는 나에게 남편은 비우호적인 시선을 그냥 모른 채 하라고 했다. 위로도 도움도 안 됐다. 계속 마음에 걸려 우리 집 아래층에 사는 K언니에게 고민을 털어놓았다. K언니는 진지하게 듣더니 마침 회사에서 강의법 특강을 들은 적이 있는데, 그 강의 중에 태클 같은 공격적인 질문을 받았을 때 어떻게 대응해야 하는지 배웠다고 했다.

"오! 그게 뭔데요?"

"어설프게 답을 하려고 하지 말고 그 사람에게 역질

문을 하는 거예요. '왜 그렇게 생각하시죠?'라고 말이죠. 그런 질문을 하는 질문자의 진짜 의도를 <u>스스로</u> 말하게 하는 거지."

B씨의 꼬장꼬장한 표정을 떠올리니 역공을 할 자신이 없어 말문이 탁 막혔다. 의기소침한 얼굴로 우물쭈물하자 K언니가 안됐다는 듯 얕은 한숨을 쉬고 나서 말을 이었다.

"아니면, 다른 방법도 있어요. 모두에게 질문하는 거예요. 이 질문에 대해 우리 한번 다 같이 생각해볼까요? 여러분들의 생각은 어떠세요?"

B씨는 개강 전부터 내 수업명과 삼십대 중반인 나이, 내 경력, 책의 내용 등 여러 정보 중 어떤 부분이 맘에 들지 않았던 것 같다. 그래서 강의 담당자에게 왜 이런 강의가 신규 개설됐는지 자세히 물어봤다고 한다. 담당자가 이런 사전 반응이 있었다는 말을 미리 귀띔해줘서 알고는 있었다. 그걸 미리 알아서 그에게 더 예민하게 신경이 곤두섰는지도 모르겠다. 뭐가 먼저인지 모르겠다.

니체는 이렇게 말했다고 한다. "곤충은 결코 나쁜 의도가 있어서가 아니라 단지 살아야 한다는 본능 때문에 사람의 살을 찌르는 것이다. 그것은 평론가도 마찬가지다. 평론가가 필요로 하는 것은 우리들의 살 속에 있는 피이고, 따라서 그들에게 우리의 괴로움 따위는 아무 문제도 되지 않는 것이다." 니체식으로 생각하면 B씨는 그저 궁금한 걸 물어보는 수강생의 본분에 충실하게 질문을 한 것일까? 나는 잘 모르겠다.

본인 차례가 오면 너무 길게 말해 다른 사람까지 곤란하게 하던 B씨는 강좌 중반이 넘어가면서부터 모습을 보이지 않았다. 다른 수강생들이 그의 행동에 직설적으로 항의를 하기도 했었다. 마음이 쓰이긴 했지만 나는 따로 연락을 하지 않았다. 솔직한 심정으로는, 내 돈으로라도 환불을 해줄 테니 강사가 그렇게 성에 안 차시면 나오지 마시라는 말이 나오기 일보 직전이었다. B씨는 환불 요구를 하지 않았고, 두 달간의 수업이 끝날 때까지 단톡방에서 나가지도 않은 채 단톡방의 모든 대화를 읽기만 했다. 나는 먼저 연락하지 않음으로써 나의 자존심을 지키려 했다. 그가 나를 애송이 취급한 것을 후회하게 하고 싶어서, 다른 수강생들에게 더 친절하고 최선을 다해 다정하게 대하려 했다.

집으로 돌아가려는 나에게 K언니가 말했다.
"힘내요. 모든 질문에는 답이 이미 담겨 있다고 하더라고요."

그 말을 들을 때는 잘 몰랐다. 그 말의 의미가 다르게 다가온 건 여덟 주의 수업이 거의 끝나갈 즈음이었다. 육아 휴직 중인 삼십대 한 명을 제외하고는 다들 내 부모님 나이에서 플러스마이너스 열 살 정도 되는 분들이었다. 한 번은 여덟 시간 동안 말하는 것을 쭉 받아 쓰면 책 한 권의 분량이 나온다고 말하자, 오십대 여자 수강생분 한 명이 말했다.
"아, 들어줄 사람이 있어야 뭔 말을 하지!"
나만 빼고 모든 수강생이 와하하 하고 박장대소했다. 내 얘기를 들어줄 사람이 없다는 그 말에 왠지 그

B씨가 떠올랐다. 나를 공격적으로 대했지만 그건 아무도 들어주지 않는 자신의 진짜 이야기를 하고 싶어서 그랬을지도 모르겠다는 생각이 들었다. 그 말이 어디를 향하고 있었는가. 그걸 알아차렸어야 했는데.

글쓰기에 대한 부담에서 벗어나자 강의를 들으러 온 모두는 하고 싶은 말이 어쩌나 많은지 대부분은 내가 정해준 분량보다 글이 차고 넘쳤다. 모두가 자기 얘기를 들어줄 대상이 필요했던 것 같았다. 오래 일한 직장에서 퇴직을 한 후 인생의 전성기가 끝났다고 생각하는지, 다들 잃어버린 자기 존재를 되찾으려고 애쓰고 있었다.

그러고 보니 나도 예외가 아니었다. 나는 책을 쓰면서 내 얘기를 누군가에게 맘껏 하고 싶었다. 글쓰기 수업을 연 것도 다른 사람들의 이야기를 들으면서 서로 기댈 수 있는 관계들을 만들어가고 싶었던 것이었다. 나를 좋아하지 않는 사람을 불편해하고, 제대로 소통하지 못했던 걸 보면 누군가를 가르치기엔 부족하다는 그의 첫 일갈이 아주 틀린 건 아닌 듯싶다. 나는 그를 아주 느리게 이해했다.

질문 속에 답이 있다는 K언니의 조언이 질문 속에 그 사람의 욕망과 결핍이 있다는 말과 같은 의미였구나. 그리고 우리는 모두 자기 이야기를 진지하게 들어줄 한 사람을 간절히 찾고 있다는 것을 알았다. 그에게 진심으로 미안해졌다. 깨우침은 늘 이렇게 후회와 함께 온다.

나를 고이 지키기 위한

다짐들

손톱이 깨물고 싶은 날

가을답지 않게 세찬 비가 내린 오후, 스타벅스 이층 창가 바에 운 좋게 자리를 잡고 앉았다. 내 양옆으로 노트북을 펴놓고 뭔가를 타닥타닥 두드리고 있는 사람을 보니 동료 같다는 생각에 마음이 편안해졌다. 실제로 그들이 뭘 하고 있는지도 모르면서 말이다. 가방에서 노트북을 천천히 꺼내 전원을 켜고 익숙하게 와이파이를 잡으면서 생각했다. 앞으로 완전히 낫기까지 얼마나 시간이 걸릴까. 목을 이리저리로 움직여보았다. 뻐근했다.

컨디션이 좋지 않은 건 지난 주말에 접촉사고가 있어서였다. 대형 마트에서 한가득 장을 보고 차를 몰고 돌아오는 길이었다. 집이 코앞이었지만 상습 정체 구간이라 마음을 느긋하게 놓고 있었다. 빨간불을 받고 다들 정지했는데 한 화물차만 고집스럽게 속도를 줄이지 않고 달리다가 앞차를 쾅 들이박았다. 그 앞차에 타고 있던 우리 부부는 앞으로 몸이 쏠리며 크게 한번 출렁했다.

다음 날, 자고 일어나니 목부터 허리까지 뻐근했다. 의사는 CT 촬영 필름을 보더니 내가 거북목이어서 통증이 있는 거라고 했다. 평소의 나쁜 자세 때문에 목이 점점 굽어가다가 외부의 충격 때문에 방아쇠가 탕 당겨진 것이라고. 그놈의 방아쇠를 당기지 않았으면 안 아팠을 것 아니냐고 물었지만, 의사는 그럴지도 아닐지도 모른다는 태평스러운 말만 했다. 그리고 나서 자기 병원에서 할 수 있다는 최신 치료법을 열정적으로 소개했다. 보험 보상 범위를 벗어난 치료였기에 단칼에 거절하고, 근육통을 줄여주는 간단한 물리치료만 받고 병원을 나왔다. 평소에 바른 자세 인간은 아니었지만 졸지에 새우등과 거북목 판정을 한꺼번에 받고 나니 기분이 영 좋지 않았다.

　여러 감정 중에서 무엇보다 억울함이 가장 컸다. 그 일이 내 몸을 어떻게 안 좋은 쪽으로 교묘하게 비틀어 놨는지 인정을 받고 누군가에게 보상을 받고 싶었다. 그 사고만 없었더라면, 아무렇지도 않았을 텐데. 사고가 아니라 내가 원래 가지고 있던 자세가 통증의 근본

적인 원인이라고 콕 집어낸 의사가 원망스럽기도 했다. 의사는 굽은 걸 다시 원래대로 돌리는 데는 자세 교정만으로는 부족하다고 했다. 철학자 쇼펜하우어의 행복론대로 생각하자면 행복이란 "자기가 즐긴 기쁨"이 아니라 "자신이 벗어난 재난"으로 계산해야 한다고 하니, 큰 장애를 얻은 것도 아니고 견딜 만한 수준의 후유증만 있으니 이 정도면 행복에 해당하는 걸까? 동의가 안 된 걸 보니 아직 수양이 부족하다.

어렸을 때는 내가 가진 게 별로 없었기 때문에 크게 공격받지 않고 무방비 상태로 살아올 수 있었다. 하지만 내가 가진 것들이 조금씩 늘어나면서 상처도 늘었다. 한번은 너무 스트레스를 받은 나머지 숨이 잘 쉬어지지 않던 순간이 있었다. 내 숨소리밖에 들리지 않았다. 얼마나 숨이 간절했던지 온 힘을 내서 가슴을 부풀리던 순간이 기억난다. 그럴 때마다 완전한 회복은 없었다. 상처를 피하지 않는 이상 늘 어딘가 다쳐서 회복의 과정에 있었다.

마음의 상처는 글로 풀기도 했다. 몇 년 전부터 지금까지 쓰고 있는 글이 그렇다. 처음 글을 다 쓰고 세상에 책을 탄생시켰을 때, 나는 슬프면서도 떨리기도 하고 조금은 허무하기도 했다. 일 년쯤 지나고 나서 친한 친구가 내 첫 책에 대해 "어떤 글은 네가 분해서 쓴 거잖아"라고 무심하게 스치듯 말했을 때, 나는 서글프면서도 그 말이 정확한 사실이라서 뜨끔했다.

소설가 박완서는 "억울하게 당한 것, 어리석게 속은 걸 잊지 못하고 어떡하든 진상을 규명해보려는 집요하고 고약한 성미" 때문에 글쓰기를 시작했다고 말했다. 그녀의 솔직하고 따뜻한 글을 좋아했던 독자들은 전혀 그렇게 느끼지 않지만 말이다. 어쩌면 나의 경우도 억울한 것, 속은 것들을 대놓고 풀지 못해서 글을 쓰고 있다는 생각이 든다.

내 아픔과 상처를 누군가에게 달뜨지 않고 담백하게 말하고 싶다. 아픔을 겪어본 사람 앞에서 조용히 말하고 싶다. 내 아픔을 알아달라고 여기저기 호소하는 대신에 가만히 탐색해보고 경계하는 마음이 남아 있는 와중에 살짝 열린 이에게 절제하며 내 안에 있는 아픔을 이야기해보고 싶다. 혼자서 많은 것들을 감내해본 적 있는 사람들끼리만 아는 마음으로 공감받고 싶다.

상처를 받고 나서 자신의 약한 부분을 타인을 향해 드러냈을 때, 용기를 내서 내 이야기를 들려줬을 때 시간 차를 두고 분명하게 돌아오는 것들이 있었다. 그 이야기를 털어놓는다고 나를 공격하거나 비난하는 것이 아니라 공감을 받으면서 안전한 느낌을 갖는 것, 이것은 회복의 최종과정이었다.

앞으로도 상처를 받아도 그 상처에 대해 누군가에게 말할 수 있을 것 같다. 내가 입을 떼고, 그 상처에 단어를 입혀서 이야기를 털어놓는 그 시작점에서 회복은 시작되고 있다는 확신이 있기 때문이다. 나는 그 시간들을 다 통과해내고 나서야 내가 많이 회복되었음을 느꼈다.

이것은 마음의 회복에 관한 얘기였고, 아무튼 몸에 관해서만큼은 집 근처 한의원에 다니면서 조금씩 나아졌다. 한 달쯤 지나니 괜찮아졌다. 평상시 컨디션으로 돌아왔다. 하지만 두 달 뒤 차를 팔았다. 조수석에 앉아 있을 때 옆 차선에서 덩치 큰 차가 가까이 다가오면 나도 모르게 몸이 움찔했기 때문이다. 차를 팔고 나서는 멀리 갈 일이 있으면 공유 차량을 가끔 이용하는데 그때마다 거북이처럼 자주 웅크리고 새우처럼 펄떡 움찔댄다. 아직 완전히 회복된 건 아닌가보다.

이후

가속원들은

이성현 제이

1.

　출판사와 계약을 하고 나서 '준비, 땅!' 하는 마음으로 한동안 회사원처럼 칼같이 오전 아홉 시 반에 밖으로 나섰다. 그런데 엘리베이터 문이 열리면 세 번에 한 번꼴로는 깜짝 놀랐다. 분명히 멈춰 있는 엘리베이터를 눌러서 탄 건데, 안에 사람이 있어서였다. 아주 작은 사람이어서 또 놀랐다. 그녀는 우리 동을 맡아서 청소하는 미화원 할머니였다. 할머니는 매번 거울을 닦고 있었다. 십오층에서 일층까지 내려가는 그 잠깐 동안 할머니는 늘 비슷한 말을 했다. 가방을 메고 있으면 "학생이오?"라고 물어보고, 남편이 엘리베이터 앞까지 와서 나를 배웅하는 걸 보는 날엔 "신혼이오?"라고 했다. 한번은 "몇 살이오?"라고 여쭤보시길래 서른 몇이라고 했더니 "젊은 게 참 좋소"라고 하셨다. "지나고 나니 젊을 때 나는 뭐 했나 싶소"라고 승강기 거울을 닦으면서 혼잣말처럼 말했다. 할머니가 매번 비슷한 말을 반복하는 게 느낌이 희한했다. 게다가 '이오' 체를 쓰는 게 낯설기도 해서 잠시 조선 시대로 타임

슬립한 기분이 들기도 했다. 한번은 또 "젊음이 부럽소"라고 하시길래, 나름 구수하면서 친근한 톤으로 이렇게 대답해봤다. "아유, 어르신도 젊어보셨잖아요."

내 말에 조금 뜸을 들이다가 할머니는 중얼거렸다.

"내가 그런 시절이 있었나……."

누군가 버튼을 누를 때까지 조용하게 공중에 멈춰서 있는 엘리베이터에서, 조용히 거울을 닦으며 어느새 주름진 자신의 얼굴을 낯설게 응시하는 그녀.

어느 날부턴가 그녀의 모습이 보이지 않았다. 나중에 우편함에 꽂힌 아파트 관리보고서를 넘겨보다가 우연히 본 직원 퇴사 현황에서 알게 된 그녀의 나이는 내 나이의 두 배였다.

2.

내 나이는 서른아홉.

이십대와 묶여서 2030으로 살다가 이제는 4050 쪽에 속해야 하는 나이를 앞두고 있다. 나이를 묻는 질문에 요즘은 움찔한다. 뭣 모르고 썼던 첫 번째 책의 저자소개 말고 두 번째 책부터는 저자소개에서 나이를 알아서 뺐다. 주요 독자층인 2030 여성과 혹시라도 괴리감이 들까 해서였다. 어느새 그런 나이가 됐나 싶다. 한번은 박완서 작가의 등단이 마흔이었다는 것을 알고 깜짝 놀란 적이 있다. 문학계의 대표적 늦깎이 작가 사례로 국어 시간에 이 얘기를 들었을 때 '와, 나이를 그렇게나 많이 먹고 작가에 도전하다니 대단한데!'라고 생각했던 기억이 났다. 내가 지금 사십이 코앞이 되어 생각해보니, 사십에 소설을 쓰는 게 전혀 늦었다고 여겨지지 않는다.

언제부턴가 나이에 쫓기는 기분이 들거나 가끔은 그 숫자에 압도당하고 있다는 생각이 들 때가 있다. 일본의 에세이 작가 마스다 미리는 "돌아갈 수 있다면 서른여덟 살 정도가 좋다"라고 했다. 왜일까. 더 젊은 이십대 때도 있지만 "충분히 젊으면서도 동시에 스스로 강해졌다는 것을 그제야 느낄 수 있는 나이"이기 때문이라고 그녀는 말했다. 나에게 자문했다. 지금의 나는 스스로 젊다고 느끼는가. 맞다. 스스로 전보다 강해졌다는 느끼는가. 그렇다. 국적도 환경도 다른데 나이 듦에 대한 생각은 타이밍이 비슷하다 싶어서 반가웠다.

내가 서른이 갓 되었을 때는 어땠을까. 계란 한 판이라고, 이제 좋은 시절 다 갔다고 하는 편견 어린 농담들 사이에서 스물아홉의 나는 조용하지만 빠른 잠수함처럼 모종의 퇴사 계획을 짰다. 인력 부족을 겪는 회사니 그만두겠다고 하면 붙잡을 게 뻔하고, 어쩌면 결정적인 순간에 마음이 약해지는 내 고질병이 도져서 눌러 앉아버릴지도 모를 일이었다. 그래서 영국 런던행 항공권을 예매하고, 케임브리지의 어학원까지 다 결정해놓고 나서 출국일을 말하고 회사에 퇴사를 통보했다. 당시 부장은 회사의 호봉제 연봉표를 가지고 와서 일이 년만 더 일해도 연봉이 이렇게 오르고, 그때 가서 퇴사하면 퇴직금이 얼마나 뛴다는 등 열심히 설명을 했다. 그때 나는 회사가 나를 붙잡기 위해 내세울

게 돈뿐이라는 걸 확실히 알게 되면서 내 결정이 틀리지 않았다고 생각했다. 그게 내 나이 서른 때 일어난 일이었고, 나의 결정이 옳았다고 지금도 생각한다.

그렇다면 이제 마흔에 대한 준비는 어떻게 해야 하는 것일까.

3.

마흔.

무라카미 하루키는 유럽 여행기 《먼 북소리》에서 마흔 살이란 나이는 우리 인생에서 꽤 중요한 의미를 지니는 인생의 고비라고 말하며 "무엇인가를 선택하고 무엇인가를 뒤에 남겨두고 가는 때"라고 했다. 이 나이쯤 되면 조금은 섭섭하더라도 놓아야 할 것은 놓아주고 떠나야 할 때라는 것이다. 무언가를 두고 갈 줄 아는 나이라는 것은, 다른 말로 하면 어제의 나를 용서하고 받아들여주는 것이다.

오십 살이 되면, 사십이란 나이를 떠올리며 지금 이 글을 기억하게 될까? 아니면 글 따위는 생각나지 않을 정도로 어떤 강렬한 사건이 내 인생에 있게 될까? 일어나지 않은 일은 알 수 없다. 내가 감당할 정도의 무언가가 일어나길 바랄 뿐이다.

지금은 그저 좋은 음악을 듣고, 좋은 책을 가까이하고, 잘 자는 것밖에 바랄 게 없다. 예전엔 서너 시간만 자고 일어나도 날아다닐 것 같았지만 요즘엔 일곱 시간을 안 자면 몸이 뻐근하다. 그래도 우리는 부지런히 걸어야 하는 여행자고, 이 길의 끝은 아직 보이지 않는다. All Things Go.

돌려 말하지 않으면서 둥근 단어를 쓰기

지나가는 시민을 붙잡아 세워 간단한 인터뷰를 하던 때가 종종 있었다. 기사를 쓰려고 회사에 복귀해 인터뷰 영상을 다시 틀어보면 열에 아홉은 말끝을 "~같아요"로 맺었다. 갑자기 한파가 몰아닥친 날, 코트를 여미고 종종걸음으로 가던 한 청년은 "너무 추운 것 같아요!"라고 말했다. 그냥 "너무 추워요!"라고 말하면 되는데. 하루는 축제장 취재를 가서 관람객에게 마이크를 내미니 "재밌어요!"라고 하지 않고 "재밌는 것 같아요!"라고 말했다. 네 글자도 두 글자로 줄여 쓰는 시대에 말을 굳이 저렇게 늘리다니, 거참.

남 일인 양 말하고 있지만 이해가 안 가는 사람들 중 맨 앞자리에 있는 게 바로 나다. 나야말로 일상에서 시도 때도 없이 "그런 것 같아"를 남발하고 있었다. 심지어 배고프다고 말하는 순간마저도 배고픈 것 같다고 말했다. 왜 나는 내가 확실하게 텅텅 비었다고 느끼는 위장 상태마저도 "같다"라고 표현하는 걸까.

그러다 서울대생을 상대로 하는 글쓰기 특강 영상

에서 우리 사회가 단체로 '같아요병病'에 걸린 이유에 대한 꽤나 설득력 있는 말을 들었다. 강연자였던 유시민 작가는 우리나라 사람들이 유독 '같아요'라는 말을 많이 쓰는 건 '나는 지금 이러하지만 당신이 나와 다르게 주장을 하면 내 생각을 곧바로 바꿀게요!'라는 필요 이상의 저자세가 기본으로 깔려 있어서라고 해석했다. 우리가 살면서 주변 사람 눈치를 하도 많이 봐서 저절로 말에 밴, 일종의 말습관이라는 것이다.

그런데 이런 말습관은 우리나라 사람들에게만 해당되는 건 아닌 듯싶다. 할리우드 영화 〈매기스 플랜〉에도 비슷한 얘기가 나온다. 영화에서 지적인 인류학자로 나오는 에단 호크는 '같아요'라고 말하는 상대에게 질색하면서 그렇게 말하는 건 '언어적 콘돔'이라고 한다. 언어적 콘돔이란 비유에는 자기가 말을 뱉은 이후에 아무 일도 일어나지 않기를 바라며, 그래서 아무 책임도 지지 않으려는 태도가 숨어 있다는 비난이 담겨 있다.

'같아요병' 중증 환자였던 내가 그나마 경증으로 나아진 건 특효약 문장을 만나고 나서다. 그 문장은 바로 "네가 거절해도 괜찮아"다. 그 말은 상황에 따라 '내가 거절당해도 괜찮아'로, 때론 '내가 거절해도 괜찮아'로 변주되기도 했다.

거절을 당하면 그 순간 기분이 확 상하고, 얼굴이 빨개진다. 그동안 내가 상대방에게 해줬던 것들이 생각나면서 배신감까지 들기도 한다. 그건 지금도 크게 달라지지 않았다. 다만 예전과 달라진 건 순간적으로 그렇게 기분이 상하더라도 그 끝을 길게 가져가지는 않는다는 점이다. 거절을 당해서 내 안의 부정적인 감정이 솟구치면 스스로 반박하면서 수습할 줄 알게 되었다.

거절은 종종 공포로 받아들여진다. 거절을 당하면 자존심에 큰 상처가 나는 사람도 있다. 하지만 내가 누군가를 거절하면서 살고 있다는 걸 생각해 보면 마찬가지로 나도 거절당할 수 있고, 상대가 나를 거절하는 것도 하나도 이상한 일이 아니다. 이것은 달리 말하면,

나의 입장만 생각하지 않겠다는 얘기다. 나만 늘 주인공일 수는 없다. 다른 사람의 인생에서 나는 철저하게 조연일 뿐이기 때문에.

또 거절을 당한다고 해도 그것이 나란 사람 전체를 거절한 것은 아니다. 이 사실을 인지하고 있으면 시간이 지나면서 서운함이 잊히고 앙금이 별로 남지 않는다. 마음이 그 자리에 고이거나 막히지 않고 자연스럽게 흐른다. 강물 같은 인간관계를 위해서는 배배 꼬여 있는 나 자신부터 풀어야 했다.

그렇게 많은 것들에 무게를 줄여서 생각하니 내가 갖고 있는 걸 솔직하게 드러내는 것도 생각만큼 위험해 보이지 않았다. 한때는 내 의견을 되도록 숨기고 다른 사람에 맞춰주는 것이 내가 실수하는 걸 사전에 차단하는 길이라고 생각하기도 했다. 내 생각을 분명하게 표현하는 게 상대방에게 무례하거나 고집 센 사람으로 비춰질 거라고 여겼다. 나더러 그러라는 사람은 없었다. 단지 나 스스로가 까칠한 내 생각을 숨기고, 표현을 순화해야 한다고 생각하며 옥죄었다.

그렇지만 냉정하게 돌이켜보면 나의 '선량한(?)' 의도와는 다르게 실전에서는, 오히려 모호한 말들이 그 반대 결과로 돌아올 때가 더 많았다. 이 정도로 돌려서 말하면 알아차리겠지 했지만 대부분은 알아채지 못했다. 그러면 나는 상대에게 적잖이 실망했다. 내 마음만 곪아갔다.

속 깊게 내 진의를 알아채기는커녕 내 마음을 단단히 오해하는 사람도 있었다. 오해는 원망을 낳았고, 원망이라는 감정은 시간이 가도 사라지지 않고 차곡차곡 잘도 쌓였다. 그런 인간관계의 과정들을 겪으면서 알게 됐다. 왕년의 유명한 초코파이 CM송처럼 "말하지 않아도 알아요~"라고 착각하며 정확하게 말하지 않는 건, 대낮에 불이 켜진 가로등처럼 헛심만 쓰는 것이란 걸 말이다.

내가 뭔가를 정확히 말하지 않는 건 그렇게 돌려 말해도 상대가 알아듣기를 바라서이다. '말하지 않아도 알 거야.' '눈빛만으로 알 거야.' '이렇게 말하면 내 마음을 알아줄 거야.' 그건 마치 내가 하는 말의 속사정이 무엇인지를 상대방이 알아서 캐치하라며 갑자기 공을 던지는 것과도 같다. 상대방에게 내 진의를 파악해달라고. 갑자기 스파이크를. 예고도 없이.

내 마음대로 되지 않는 상황이 닥치면 날씨나 계절 같은 자연의 섭리들을 떠올리면 좋다. 비가 오는 날, 구름만 낀 날, 햇볕에 타들어갈 것 같은 날, 태풍이 몰아치는 날 등 날씨를 아무리 원망해도 바뀌는 건 없듯이 오늘은 '내가 거절당한 흐린 날'일 뿐이다. 똑같은 일이 다른 날, 다른 시간, 다른 사람에게는 받아들여질 수도 있다. 내가 할 수 있는 것에만 진심을 다하면 그 이후의 것들에 내가 관여할 여지는 거의 없다.

이렇게 내 생각에 대해선 분명하게 하려고 하지만, 일상에서 내가 좋아하는 단어들은 모서리 없이 둥근 것들이다. 이건 또 다른 문제다. 다른 사람이 나에게 어떤 말을 하는 것보다, 내가 하는 단어를 고르는 와중에 나의 마음이 나에게 집중되는 것을 느낀다. 그래서 나는 타인에게 건넬 부드럽지만 확실한 단어를 찾아서 헤맨다. 어쩌면 고르는 시간이 더 중요할지도 모른다. 그런 과정을 거쳐서 나는 원하는 것에 가깝게 말한다. 상대방이 잘 알아채는지가 중요한 게 아니라 내가 그 주인 격에 알맞은 단어를 잘 찾아서 말했는지가 더 중요해진다. 그 정확한 말들에 실린 내 마음이 상대에 가서 닿는다. 꼭 닿지 않아도 그 마음은 나에게 다시 돌아와 닿는다.

꼭 단어뿐만이 아니다. 요즘은 말을 할 때 내가 하는 말에 더 신경을 써야 한다고 생각한다. 내가 내뱉는 말과 단어, 분위기, 맥락을 돌아보면 알게 된다. 내가 다른 사람을 어떻게 때때로 홀대하고 있는지를. 그렇게 꼬리에 꼬리를 물면 다른 사람을 대하는 시선도 달라진다. 무엇보다, 그렇게 나를 생각하는 시간에 다른 사람은 신경에서 확연하게 흐릿해진다. 그만큼 타인을 향한 칼날이 무뎌지는 것이다. 돌려 말하지 않는 단호함을 갖추면서도 동그란 단어들을 많이 사랑하기. 말에 대한 이런 깊은 고민이 언젠간 내가 기대하는 만큼

의 인간으로 나를 성장시킬 거라고 믿는 것 같다. 아니
아니, 믿습니다!

부록

극복해야하는가

확실히 기성세대에 속하는 나이가 되어서인지 어린아이가 주인공인 책이나 영화를 보면 이제는 부모나 교사 같은 어른 배역에 스스로를 대입해보게 된다. 얼마 전에는 유치원생 아이를 키우는 한 친구가 영화 《원더》를 추천해서 봤다. 영화에는 안면 기형 장애를 가진 소년 어기가 주인공으로 나온다. 어기는 광활한 우주를 떠다니는 상상을 자주 한다. 모두가 빠짐없이 헬멧을 써야 하는 우주에서 비로소 주변의 시선에서 벗어나 자유로움을 느끼기 때문이다. 열 살이 되고 용기를 내 초등학교에 입학하지만 주변의 우려대로 반에서 놀림감이 된다. 결국 가장 심하게 괴롭히던 아이의 부모가 학교 교장실에 불려온다. 온몸을 화려하게 치장하고 등장한 아이 엄마는 제 아들이 했던 못된 짓을 다 듣고도 감싸고 돌다가 급기야 짜증까지 낸다. "아니, 단 한 사람도 상처를 받으면 안 되는 거예요?"

　그러자 교장 선생님은 그녀를 쳐다보며 차분하게 말한다. "이 아이는 외모를 바꿀 수 없으니, 우리가 시선을 바꾸면 어떨까요."

단순한 줄거리였고 특별한 반전도 없었지만 다 보고 나서 며칠이 지나도록 이 두 어른의 대화가 머릿속에서 떠나지 않았다. 그중에서도 특히 '시선'이라는 단어에 꽂혀서 그 말을 돌사탕처럼 입 안에 한참 물고 있었다.

시선視線 [시:선]
눈이 가는 방향. 또는 그 쳐다보는 눈.

나는 어떤 시선을 가지고 있는가. 영화를 보고 나서 이 근원적인 질문을 다시 꺼내게 됐다. 이 영화는 우리가 타인의 다름을 포용해야 한다고 말하는 데에 그치지 않았다. 여기서 한 발 더 성큼 나아갔다. 우리 모두가 빠짐없이 특별하다고 말하고 있었다. 모두가 같고, 동시에 그 모두가 각각 다르다고 말해주고 있었다. 다수와 소수, 같음과 다름을 나누는 것은 단지 우리의 시선일 뿐이라는 단순하면서도 묵직한 메시지가 담겨 있었다.

생각 없이 몸에 저절로 익어버린 시선.

그것 역시도 익숙함과 게으름 때문에 뿌리내린 마음의 습관일 것이다. 나도 모르는 사이에 타인을 아프게 하는 습관이 아니라 따뜻하고 다정한 습관을 가진 사람이 되고 싶다. 내가 그렇게 다정한 시선을 가지기 위해서는 여러 층으로 된 결심들이 뒤따라야 한다.

상대를 괜찮은 사람이라고 생각하겠다는 결심.

상대가 나를 해치지 않을 것이라고 낙관하는 결심.

한번 맺은 인연을 소중하게 여기겠다는 결심.

내 귀와 눈을 활짝 열고 살겠다는 결심.

그런 겹겹의 결심들이 있어야 비로소 우리는 무한히 넓어진 세상에서 다정한 시선을 눈에 담고 사는 사람이 될 수 있을 것이다.

다정한 시선에는 위험 부담이 뒤따른다. 믿지 않으면 애초에 위험할 일이 없기 때문이다. 누군가를 믿는다는 건 배신당할 가능성을 스스로 열어두는 것과 같다. 그래서 우리는 마음의 문을 활짝 열기 위해 하나의 더 크고 굳은 결심이 필요해진다. 어떤 일이 와도 내 중심은 흔들리지 않을 거라는, 나 자신을 믿어주는 결심.

나를 믿는 건 결코 쉬운 일은 아니다. 내가 아무리 의지를 가지고 마음의 방향을 다정함으로 바꾸어 나간다고 해도, 내 감정과 별개로 상대는 늘 상처를 주기 때문이다. 내 다정함을 정당하게 대우받지 못하면 억울하고, 그런 억울한 마음들은 우리 일상에서 순간순간 울컥거림으로 나타난다. 나는 울컥하다는 말을 좋아하는데, 울컥하다는 말에는 화가 났다는 의미도 담겨 있지만, 화를 내야 할 때 삭이고 혼자서만 출렁거렸다는 의미도 담고 있어서이다. 나를 믿고 내 자신에게 가장 다정한 시선을 품고 있어야 순간순간 내면이 아래위로 진동하며 울컥거리더라도 자신의 중요한 것이 통째로 꺾일 정도로 크게 휘청이지는 않는다.

"저는 대체 불가한 사람이 되고 싶었어요."

한 가수 출신 예능인이 TV 프로그램에 나와 한 고백이다. 과장된 게 아닌가 싶을 정도로 늘 밝은 모습을 보여주던 그의 드물게 진지한 모습이었다. 그는 말을 이었다.

"그런데 그것은 불가능한 꿈이더라고요."

아무리 잘해도 타인이 대체할 수 없을 정도로 뛰어난 사람은 아무도 없었고, 자신뿐 아니라 누구도 그럴 수 없다는 걸 깨닫게 되니까 오히려 홀가분하다고 그는 말했다. 그걸 알고 나서 자신은 할 수 있는 만큼 충분히 하면 그뿐이란 걸 알았다고도 했다.

그의 말을 들으며 고개를 크게 끄덕였다. 그는 아마도 자신에게 전보다는 훨씬 더 관대하고 다정한 사람이 되었을 것이다. 대체 불가능할 정도로 위대한 사람은 없다. 대통령, 글로벌 기업 CEO 자리가 하루 아침에 공석이 돼도 국가나 회사는 얼마간의 혼란을 견디고 나서 그럭저럭 돌아간다. 내가 어떤 것을 이루더라도 남들이 보기에 내가 아니면 못할 일 같은 건 애초에 없는 걸지도 모른다. 우리는 모두 같고 동시에 다르다. 특별하기 위해서 혹은 남들이 말하는 평균치에 맞추려고 아등바등하지 않아도 된다. "내가 맞고 넌 틀리다"는 이분법의 늪에서 허우적대지 않아도 된다. 우리가 할 일은 내가 의미 있게 생각하는 눈앞의 일을 하면서, 아주 짧은 순간의 즐거움을 놓치지 않고 느끼면서, 그것에 힘입어 조금 더 나 자신과 내 주변을 다정하게 대하는 것뿐이다.

가면지를 향하여 함께 하늘

첫 직장의 기억을 떠올려보면, 힘든 일도 많았지만 지금이라면 하지 못했을 일들도 많았다. 축구선수로서 레전드급인 차범근은 "신인 때는 아무것도 모르고 천방지축이지만, 그때의 에너지가 다시는 오지 않는다"라고 말했다. 꼭 운동선수에 국한된 이야기로 볼 수는 없다. 직장인이 일을 할 때도 비슷하다. 평생 처음 같은 불타는 에너지를 가지기는 힘들다.

사회생활 초짜 시절이 생각난다. 스물다섯에 처음 입사하고 나서 일이 년은 다시 하라면 못할 정도로 열심히 했다. 잠도 안 재우기로 악명높은 수습 기자 시절을 지나서도 나의 일방적인 회사 사랑은 이어졌다. 회사 근처에 원룸을 얻어놓고 근무가 아닌 휴일에도 별일 없으면 회사에 나갔다. 삼십 분이라도 가서 당직 중인 선배와 수다를 떨다가 돌아왔다. 회식을 하면 아예 헐렁하고 편한 옷으로 갈아입고 술자리에 있는 모두와 꼭 술잔을 마주쳤다. 새해 해돋이 취재를 가는 선배가 있으면, 내 취재가 아닌데도 새벽같이 일어나서 동행했다.

누가 시킨 건 아니었다. 그냥 그러는 게 좋았다. 시키지 않아도 내가 찾아서 하고 싶었다. 그렇게 해서 일 잘한다는 칭찬을 받고 싶었고, 남들이 못 쓰는 기사를 내가 쓰고 싶었다. 단독 기사, 특종 기사를 쓰고 싶었다. 선배에게 두루 이쁨을 받고, 신입사원 잘 뽑았다는 말을 듣고 싶었다. 천방지축이지만, 다시 못 올 뜨거운 에너지가 있던 때였기 때문에 가능했던 시간이다. 나는 일을 사랑했고, 일도 나를 사랑해주었다.

《라틴어 수업》이라는 책에서 저자 한동일은 라틴어 공부의 의미에 대해 여러 가지를 말하는데, 나에게 인상적인 구절은 "어려운 것을 공부해본 학생에게 또 다른 어려움은 그렇게 크게 다가오지 않을 수 있다"라는 부분이었다. 열심히 최선을 다해본 그 초짜 시절이 생각나서였다. 공부와 일에는 고통스러운 부분이 있다. 안 해도 되면 좋고, 피할 수 있으면 피하는 게 가장 좋지만, 어쩔 수 없는 상황에서 그 고통스러운 상황을 견디다보면 그것보다 약한 것들은 견딜 만한 것으로 탈바꿈하는 기적을 맛보게 된다. 전에 없던 용기란 게 생기게 된다. 나에겐 뜨겁게 일한 시간들이 그랬다.

그렇게 단거리 주자처럼 달리면서 살다가 갑자기 외부의 이유로 멈추게 됐다. 다니던 언론사가 파업을 하면서였다. 오전 파업 집회에 참가하고 나서 오후가 되면 노조원들이 해산했다. 열심히 달리기만 하는 삶을 살다가 원치 않은 자유를 갑자기 맞닥뜨리게 된 것이다. 회사 선배들은 아이들 학원비며 대출 이자 같은 고정비용 때문에 걱정이 태산 같았지만, 고작 이십대 후반이던 나는 월세 삼십오만 원과 약간의 생활비를 빼고는 딱히 돈 들어갈 데가 없었다. 신용카드도 없이 체크카드 한 장으로 살던 때였다.

그 몇 달이 내 인생 처음으로 아무것도 하지 않았던 시기였다. 학생 때는 진학이나 성적으로, 대학생 때는 온통 취업과 진로 고민으로 바빴다. 취직하고 나니 그런 고민은 이제 그만해도 됐고, 그때만 해도 취직한 그곳이 평생직장일 줄 알았다.

비로소 나는 난생처음으로 생존, 진로, 금전, 이성

문제 등등 그 어떤 고민도 일체 하지 않는 시간을 누렸다. 쉬는 날에 느긋하게 일어나서 TV를 보고, 또 TV를 보고, 라면을 끓여 먹고, 그러다가 졸리면 잤다. 그런데 좋기만 한 게 아니었다. 며칠 지나자 여기저기 몸이 아프기 시작했다. 근육통이 왔다. 갑자기 긴장이 풀려서 그렇다고 친구들은 말했다.

지금 와서 생각해보면 당시 내 몸은 일종의 '멈춤'에 적응하고 있었던 게 아닐까 싶다. 내 인생의 한 페이지가 넘어가고 있었다. 공백 같은 휴식을 몇 달 보내고 나서 뜨거운 첫사랑 같던 회사를 나왔다. 나는 그것이 내 인생에서 결정적 용기를 낸 순간이라고 생각한다. 그로부터 일 년의 시간에 걸쳐서 나는 그때까지 해보지 못했던 낯선 외국에서의 생활을 경험하고, 가난한 어학연수생, 다시 재취업 준비생으로서의 시간을 보냈다. 누가 보면 취업 준비를 두 번 하는 위험하고 어리석은 결정 아니었냐고 할 수 있다. 그러나 그 시간 동안 도약을 이뤘고 내 삶의 키를 내가 쥔 느낌을 처음으로 가져보았다. 지금에 와서 나 자신이 뭐든 할 수 있다고 용기를 낼 수 있는 이유는, 정말 힘들게 일한 첫 직장 시절이 아니라 불확실성을 스스로 떠안고 인생 실험을 한 서른 살의 일 년 덕분이다.

다큐멘터리를 보고 눈물을 흘린 적은 있지만, 영화나 드라마, 책을 보고서 운 적은 내 기억에 거의 없다. 그런 내가 《리스본행 야간열차》를 다 읽고 나서는 눈물이 돌았다. 책에도 귀소본능이 있어서 어울리는 독자를 찾아간다는 한 영화 속 대사처럼 그 책은 '돌연' 퇴사를 한 내 마음이 어떤지 대변해주는 느낌이었다. 그때의 나는 긴장되면서도 설레고 두려운, 뒤죽박죽인 마음이었다.

이 소설에는 루틴을 지키며 새로울 것 없는 무료한 일상을 보내고 있는 고전문헌학 교수 그레고리우스가 등장한다. 그는 폭우가 쏟아지던 어느 날 다리에서 떨어질 뻔한 낯선 여인을 구한다. 그리고 자살하려던 여인을 데리고 학교로 간다. 그녀는 비에 젖은 붉은 코트와 오래된 책 한 권, 열차표를 두고 사라진다. 몇 분 뒤

출발하는 열차표다. 우연처럼 찾아온 이 사건 앞에서 그레고리우스는 이 책의 저자를 찾아서 리스본행 열차에 오른다. 그러면서 만나는 사람들을 통해 그의 인생의 많은 것들이 달라진다.

이 소설책의 마지막에는 작가와의 대담이 실려 있는데 이런 질문이 있다. "우리 모두 삶의 일부분밖에 경험할 수 없는 거라면, 우리 안에 있는 나머지들, 즉 경험하지 못한 나머지 대대수 부분들은 어떻게 되는 건가요?" 그의 답은 이랬다.

"남아 있는 부분은 아주 의미가 큽니다. 경험하지 못했기 때문이라고 할 수 있어요. 의식적으로 인식하지 못해도 우리 삶에 색깔을 입혀주고 멜로디를 주는 건 바로 그 부분입니다. 그 나머지 부분이 어떻게 구현되는가에 따라 자기 삶이 만족스럽거나 진실하게 흘러가겠지요.

하지만 한번 규정한 대로 살아가는 사람들은 삶을 관통할 수도 없고 그만큼 실망할 일도 드물지요. 뭔가를 막연히 기다리면서도 입 밖에 내지 못할 수도 있고요. 이것들은 간혹 그들의 인생에서 극적인 형태로 돌출됩니다. 그때 우리는 도망치거나 파멸하거나 생의 위기를 겪게 되죠. 예기치 못했던 파국은 지극히 사소한 일로 시작합니다. 사실 오랫동안 축적되었던 게 드러나는 경우지만요."

내 안의 남아 있는 것들. 그것들이 궁금할 때마다 나는 타고 있던 기차에서 내려서 다시 한번 낯선 목적지가 인쇄된 열차표를 받아든다. 맥락 없는 낯선 곳에 날 내려줄 무거운 기차에 몸을 싣고 있는 내 모습을 생각한다. 나는 뭔가 억울한 일이 생기거나 사는 게 내 마음대로 되지 않을 때 이 소설의 주인공 그레고리우스를 떠올리곤 한다. 이런 우연과 운명이 가져다줄 낯선 미래를 상상하는 것만으로도 불안을 잠시 잊을 수 있다.

이상한 열차표 한 장을 받아든 마음으로. '떨린다'는 단어를 '새롭다'로 바꿔 적고, '새롭다'는 단어를 또 지우고 나서 조금 망설인 다음 심호흡 한 번 하고 '새롭다'를 '특별하다'로 바꾼다. 열심히 살고 흔들렸던 시기가 내 안에서 아직 나오지 않은 '특별한 나머지'를 언젠가 끌어낼 수 있을 것이라고 믿으면, 나를 더 적극적으로 사랑하게 된다.

묵란

매음이

지키는
나를

새벽 다섯 시 삼십 분에 머리맡 핸드폰이 울렸다. 자다가 놀라서 천둥 같은 소리를 내고 있는 핸드폰을 향해 빠르게 손을 뻗었다. 발신자는 형부였다. 전화를 받으려고 하는 순간 벨소리가 멈췄다. 언니에게 무슨 큰일이 난 걸까? 잠깐 생각하다가, 쌍둥이 조카들이 칼같이 다섯 시 반에 일어난다던 언니의 말이 떠올랐다. 아마 오전 육아를 전담하고 있는 형부의 핸드폰을 지서 아니면 지훈이가 이리저리 만지다가 통화 버튼을 손가락으로 문질렀을 것이다. 핸드폰을 제자리에 내려놓으면서 피식 웃음이 나왔다. 바지런하게 아빠를 괴롭히고 있을 두 살짜리 쌍둥이들의 모습이 가물가물 떠오르면서, 동시에 두 시간은 더 잘 수 있다는 기분 좋은 만족감이 뒤섞여서였다.

아침에 일찍 일어나는 습관을 강조하는 책이 주기적으로 인기를 끈다. 특히 연초가 되면 생활 습관에 대한 책들이 쏟아진다. 나는 오전에 일 능률이 더 높은 타입이긴 하지만 그렇다고 잠자는 시간을 줄여 일찍 일어나면 온종일 피로감에 지배를 당한다. 어떤 기업

대표는 하루에 두세 시간만 잔다고 하고, 유명한 여행가는 이틀에 한 번만 잔다고 말하기도 했다. 잠이 꿀처럼 달게 느껴지는 나와는 영 거리가 먼 얘기다. '아침형인간과 저녁형인간의 유일한 차이점이라곤 일찍 일어나는 사람들이 지나치게 우쭐대는 것뿐'이라는 유머에 아낌없이 물개박수를 치는 쪽이다.

최근에 종합건강검진을 받았다. 회사에 다니면서 건강검진은 받았지만 내시경과 초음파 등등 사십여 가지 항목을 꼼꼼히 검사받은 것은 처음이었다. 몇 주 뒤 우편으로 도착한 검진 결과서에는 무려 B가 여섯 개나 있었다. 올 A를 기대했는데 당황스러운 성적이었다. B는 정상에서 조금 벗어났으니 매년 경과를 지켜보라는 의미였다. 당장은 걱정하지 않아도 되지만 앞으로 어떻게 변할지 모른다는 일종의 경고였다. 몸 여기저기에 물혹이 났고, 콜레스테롤 수치도 좋지 않고, 뭐 기타 등등. 부모님께 감사드릴 정도로 타고난 건강체질이라고 자신해왔는데 나이 앞에 장사 없다고,

이렇게 B를 받아들고 나이 듦을 수치로 확인하고 나니 기분이 썩 좋지 않았다.

만약 갑자기 아프게 된다면 아쉬워할 만한 것들을 떠올렸다. 못한 게 뭐가 있을까? 너무나도 많다. 그 못한 것들이 죽는 순간까지 내 마음을 찌를 것이다. 최악을 상상하며 우울해하는 나에게 친구들은 자기들도 갑상선과 자궁 같은 데에 물혹 정도는 기본으로 있다며 대수롭지 않게 털어놓았다.

언제 닥칠지 모르는 질환에 대한 상상을 하면서 앞으로 내가 더 부지런하게 살아야 하는 걸까 하는 자기반성에까지 다다르게 되었다.

지금 내가 부러워하는 사람은 훌륭한 작품을 쓴 작가들이다. 그중에서도 기자 출신 작가들의 일생은 더 관심을 갖고 본다. 《바람과 함께 사라지다》를 쓴 마거릿 미첼은 원래 나름 성공한 저널리스트였다. 그는 소설을 쓰기로 마음먹었을 때 거실에서 뉴스룸 분위기를 일부러 조성한 다음 글을 썼다고 한다. 진한 아이섀도를 칠하고, 정장 바지를 입고 글을 썼다. 나도 뭔가

규칙적이고 부지런하게 내 하루를 정렬해야겠다 싶어서 바쁘고 빡빡한 일정을 세워봤다. 하루이틀은 계획한 대로 됐지만 나중에는 어떤 일에도 몰두가 되지 않았다. 글은 평소보다 더 써지지 않았고, 노트북을 펴놓고 졸려서 한참을 멍하게 있기도 했다. 결국 나는 이런 결론을 내렸다. 살아보지 않은 인생을 그만 부러워하고 지금의 내 인생을 살아내야 한다고.

그렇게 생각하려 하다가도 때때로 더 열심히 살지 못한 것에 대한 미련을 여전히 버리지 못하고 가끔 불안해한다. 버젓한 습관을 제대로 세우지 못한 스스로를 어떻게 받아들여야 할 것인가. 애써 못다 한 것들이 내 마음을 불편하게 한다.

빨간 머리 앤은 자신의 콤플렉스인 빨간색 머리를 짓궂게 놀리는 친구의 머리를 석판으로 쾅 내리치며 불같이 화를 냈다. 하지만 집에 돌아와서는 빨간 머리카락을 검은색으로 염색했다. 하지만 머리는 윤기 나는 검은색이 아니라…… 초록색으로 변했다. 앤은 대실패를 해 식음을 전폐한 채 엉엉 운다. "저는 빨간 머

리만큼 나쁜 건 없다고 생각했지만 초록색 머리는 그
보다 열 배는 나쁜 거란 걸 알았어요!"

마음의 습관도 그렇다. 우리는 빨간색 머리카락을
가졌다. 상처를 받고 우리 안의 뭔가를 바꾸려고 하면
머리칼은 전혀 다른 색깔로 변해버리기도 한다. 결국
본래의 것을 지키면서 나만의 고유한 가치를 자신의
온 삶을 거치며 입증해 나가는 편이 낫다.

소설에서 사랑스러운 앤은 결국 눈물을 머금고 녹
색 머리칼을 잘라내고 쇼트커트로 학교에 가서, 센세
이션을 일으킨다! 이렇게 정답이 없고 아이러니한 게
인생이지 싶다.

인과 관계를 끊임없이 조립하기

영화관에서 〈기생충〉을 보다가 상영관에 앉아 있는 모두가 빵 터졌는데, 나 혼자만 뒤통수를 얻어맞은 것 같이 얼떨떨한 표정을 지었던 순간이 정확히 두 번 있었다. 기택(송강호)의 가족이 카스텔라 체인점으로 망했다는 얘길 할 때 한 번, 근세(박명훈)도 카스텔라 체인점을 했다가 똑같이 쫄딱 망했다는 공통점이 드러날 때 두 번.

몰래 가서 가게를 찍기로 유명한 고발 프로그램 때문에 영화 속 가장들이 전 재산을 털어서 연 가게가 하루아침에 망한 것이다. 나는 사회부 소속 기자였지만 파견을 가서 일곱 달 동안 고발 프로그램 두 편을 제작한 적이 있었다. 카스텔라 편은 내가 다시 사회부로 돌아가고 나서 한참 뒤에 나온 것이다. 하지만 어쨌든 내가 잠깐이라도 제작했던 그 프로그램인 건 사실이다. 저 가족들이 햇볕 내리쬐는 지상에서 어둡고 음습한 지하로 내려간 게 나 때문 같았다. 그래서 웃을 수가 없었다.

지금의 나는 언론사에서 퇴사한 지 몇 년 되었지만,

퇴사 직후에는 언론을 비판하는 내부자 고발성의 책을 내보자고 제안받은 적도 있다. 실제로 내가 아는 기자는 퇴사 후에 동료 기자들과 전화를 하며 그것을 녹취해서 보도해 언론계를 비판했는데, 나는 그것이 옳은 것인가 싶은 생각이 들어 지금도 혼란스럽다. 다시 할래? 누군가가 지금 그렇게 물으면 다신 하지 않겠다고 말하겠지만 그래도 그 일을 좋아했고, 내 안의 뭔가를 부지런히 갈아서 결과물을 냈다.

한번은 회사에 나를 찾는 신문 구독자 전화가 왔다. 웬만하면 메모로 전달되는데 전화를 받은 내근자가 말하기를, 상대방이 너무 간곡해서 직접 통화하는 게 어떻겠냐고 했다. 얼마 전 내가 쓴 기사 때문이었다. 퇴행성관절염 치료제의 청사진에 대해서 언제 시판되는지 너무나도 알고 싶다고 했다. 남자는 자신의 어머님에게 그게 꼭 필요하다고 했다. 목소리가 간절해서 눈물이 날 뻔했다. 기사에는 하반기 즈음이라고 나와 있는데, 하반기라고 하면 유월부터 십이월까지인데, 오월이면 오월, 유월이면 유월이라고 말해달라고 했다.

최대한 친절하게 내가 아는 선에서 대답해줬지만 결국 그 기사는 잘못됐다. 성분 허위 기재로 허가가 취소된 후 난리가 났다. 주가는 반의반 토막이 났고, 상장 폐지 얘기까지 나왔다. 제약 분야 기사를 보도자료를 토대로 고스란히 받아쓴 탓이었다. 당시 해당 건을 취재한 모든 기자들의 잘못이었다. 이후 벌어진 일들은 나에게도 큰 상처로 남았다.

친구와 수다 중에 나온 말실수 하나에도 밤잠을 설치는데 기사 실수에는 얼마만큼의 자괴감이 드는지 모른다. 그런데도 다음 날 아무렇지 않게 모호한 표현 하나 없이 일정량의 기사를 써야 했다. 주류는 아니었지만 주류 가까이에 있었고, 딱히 모르는 것도 없지만 정확히 아는 것도 없는 그런 사람이 되어갔다.

변할 수 있는 것과 변하지 않는 것. 이 차이에 대해서 늘 고민해왔다. 진짜 바뀔 수 있는 걸까? 기자를 하면서 그것은 나에게 화두였다. 내가 어떻게 하면 바뀔

수 있을까. 바뀌었는가 하면 제자리로 가 있었다. 바뀌
지 않았다. 동시에 이 기자가 와도 저 기자가 와도 쓸
수 있는 건 거기서 거기였다.

　내 글을 써야지 마음먹고 나서부터는 세상에서 일
어나는 일과 내 주변의 일에 내 경험을 걸쳐두고 생각
하게 됐다. 나 자신을 콘텐츠 삼아 수백 편의 글을 써
가면서 내가 과연 얼마큼 언제까지 솔직할 수 있을지
도 고민이다. 그렇게 아직 오지 않은 일을 고민하자마
자 우울이 앞서서 온다. 나란 사람이 적나라하게 드러
나면 어쩌나 하는 두려움과 함께 솔직함을 가장한 글
로 누군가가 상처를 받는다면 그것은 어떻게 수습할
수 있을까 하는 것도 역시 고민이다.

　에세이는 논픽션이지만 내 기억과 해석이 더해지면
서 픽션과 논픽션의 경계에서 헤매게 된다. 첫 책을 냈
을 때 출판사에서 작가의 몫으로 책 스무 권을 보내줬
다. 나는 책에 가족과 친구를 제외하고 익명/가명으로
잠깐씩 등장한 인물 열 명에게 연락했다. 책에 당신과

나눴던 짧은 대화나 단상이 실려 있으니 읽어보라고 말이다. 아마도 모르겠지만, 당신과 함께했던 이 짧은 순간의 대화가 나에게는 의미가 있었다고.

후에 놀랐던 점은 그 열 명 모두가 그 당시의 일을 거의 기억하지 못하거나, 글의 맥락을 통해 자신의 정체를 추정하게 되면 어쩌나 걱정하거나, 전혀 다르게 기억하고 있었다는 것이다. 대놓고 왜 자기 이야기를 썼냐고 하는 사람은 없었지만 단 한 명도 자신의 등장을 기꺼이 즐거워하지 않았다. 다른 사람에게는 가벼운데 나에게만 무거운 문제인 것도 있었다.

나의 글들이 누군가에게는 무례할 수 있다는 걸 깨닫고 '글을 쓰는 나'는 더 신중해져야겠다고 다짐했다.

언젠가 내 과거의 글이 짐스러워지면 어쩌지? 이 책을 쓰면서도 늘어나는 페이지 수만큼 내 실제 삶과 간극이 생기는 건 아닌지 전전긍긍해질 때가 있다. 그럼에도 불구하고 기존 서사에 압도당하지 않고 가벼운 마음으로 새로운 이야기를 써내려간다. 나 자신과 함께 잘 살아가기 위해서 지난 기억들을 열심히 더듬고 인과 관계를 맞출 것이다. 질리지도 않고 온종일 레고 블록을 쌓았다 무너뜨리며 노는 어린아이처럼.

북군들

사인의 늪

어떤 사람들은 잘도 팬이 되는 것 같다. 가수를 좋아하면 그 가수의 콘서트며 방송이며 잘 챙기고, 작가를 좋아하면 북토크에 가서 손을 들어 애정 어린 질문을 하기도 한다. 내가 보기엔 누군가에게 푹 빠지는 것도 일종의 습관이어서 다른 대상으로 애정이 넘어가면 또 다시 예전에 못지않은 열정을 보여주는 것 같다. 그런 과정이 퍽 자연스럽다. 실생활에서도 이성에 대해 짧은 사랑을 강박적으로 반복하는 사람들이 있다.

도리스 레싱의 단편소설《사랑하는 습관》에는 이런 인상 깊은 구절이 나온다.

"당신은 그저 사랑이 습관이 되었을 뿐이에요."
사랑이 습관이 되었다는 표현이 조지의 마음속에서
혁명을 일으켰다.

나도 예전에는 누군가를 깊게 좋아한 적이 있었다. 그런데 지금의 나는 이와는 반대로 어딘가에 깊게 빠지는 법이 없다. 사랑하지 않는 습관이라 할 수 있겠다. 그 대상에 빠졌을 때 크게 실망한 기억들이 있어서 그런지도 모르겠다. 대학생 때 소설을 통째로 필사할 정도로 좋아했던 한 소설가가 있었는데 학교에서 초청 강연이 열렸다. 맨 앞자리에 가서 앉았다. 생각과 너무 달랐던 그를 보면서 내내 얼마나 고통스럽고 충격을 받았는지 모른다. 그는 간증회처럼 종교적인 내용을 설파했다. 강연이 끝나고 나서 무릎에 올려둔 소설책에 사인 받을 생각도 하지 않고 돌아섰다. 오지 말걸, 괜히 왔다고 중얼거리면서. 이후에 가수나 배우 같은 연예인들을 직간접적으로 알게 되면서 그들의 실제 삶과 남들에게 보여지는 삶 사이의 간극이 매우 크다는 걸 알게 됐다. 이후 누군가를 팬이라고 할 정도로 좋아하게 되는 일은 없었다.

일상에서도 특별히 한 분야에 관심이 가거나 하지 않았다. 어쩌면 두루두루 알고 싶은 욕망이 있어서 기자란 직업에 끌렸던 건지도 모르겠다. 기자는 잘 알지도 못하는 걸 계속 써야 하는 아이러니한 직업이다. 어떤 일의 한가운데에 있을 때 우리는 그것을 잘 알지 못한다. 그 일이 다 지나고 나서야 그게 무슨 의미인지 알게 된다.

그래도 연애는 열심히 했는데, 이십대 때 연애를 할 때는 다들 주변에선 "꼭 똑똑한 여자들이 남자 보는 눈이 영……"이라는 식의 말을 종종 들었다. 음, 몇몇은 인정하고, 한둘 정도는 괜찮았다고 생각한다. 가끔은 외모에 홀려서 좋아하게 된 적도 있었다. 눈물에 속기도 했다. 나도 누군가를 눈물로 속인 적도 있다. 희한하고 비상식적인 연애사를 이 자리에서 늘어놓고 싶지는 않다. 철부지였던 당시에는 나를 좋아하는 마음을 눈치 챘지만 그 호의를 이용해서 내 외로움을 채우고자 했고, 그래서 공정하지 못했고 이기적이었다는 것 정도만 말하고 싶다. 그런 연애는 늘 자신에 대한 깊은 실망으로 끝나서 늘 뒷맛이 썼다.

자, 흑역사를 접어두고 내가 어떤 것에 완전히 푹 빠져 지낸 적이 있었는가를 다시 살펴보자면, 생각나는 게 있긴 한데 한심하게도 술이다. 살면서 뭔가에 쫓기지 않고 완전하게 느긋한 기분을 느낄 때가 얼마나 있을까? 내가 그런 기분을 느끼는 건 술에 어지간히 취해 있을 때뿐이었다. 얼마나 술을 마셔댔는지, 주량이 얼마인지 말하는 것은 유치한 무용담 같아서 언급하지는 않겠다. 어떤 자리에서든 뒤로 빠지지 않고 마셨는데 다음 날 숙취에 얼마나 시달렸는지 당시 내 정신력이 갸륵할 뿐이다. 나뿐 아니라 많은 직장인이 그렇겠지만. 어쨌든 다량의 알코올은 어색함을 몰아내고 낯선 사람들과 급속도로 친해지(는 것 같은 기분을 갖)게 해주었다.

술을 사랑하게 된 가장 큰 이유는 알코올이 느긋함이라는 감정을 불러일으킨다는 점에서였다. 술을 마시면 서두를 게 없어진다. 집에 돌아갈 일이 그렇고, 내일 출근이 그렇고, 일주일 뒤가 그렇고, 내 앞으로의 삶도 그랬다. 서두를 게 뭐 있어, 하는 마음은 오로지 알코올이 들어가야 모습을 보여주었다. 그렇게 알코올은 어느새 일과 일상 양쪽 모두에서 얻는 압박감을 풀기 위한 유일한 수단이 되었다.

술을 스트레스 감소 수단으로 사용하면 의존 가능성이 극단적으로 증가한다고 한다. 다니엘 슈라이버가 쓴《어느 애주가의 고백》을 보면 신경학자 올리버 색스는 대학 전공의 때부터 환각제를 아이스크림에 섞어 먹다가 몇 년 지나서는 주말 내내 엄청난 양의 암페타민을 복용한 채 아무것도 하지 않는 '마약 휴일'을 습관적으로 가졌다고 한다. 그는 한 언론 인터뷰에서 그런 중독은 질병이라고 했다. 두뇌에 각인이 되고, 그렇게 각인되면 언젠가 또 되돌아갈 가능성이 있는 고질병 말이다. 우리가 어떤 것에 중독이 되면 어느 정도의 주기를 두고 그 증세가 돌아온다고 한다. 그렇기에 다시 돌아오는 걸 막기 위해서는 평생에 걸쳐 관리를 해야 한다.

그 말이 어느 정도는 맞는 것이, 회사를 그만두고 프리랜서가 되었을 때 나는 나의 음주 습관이 식사를 하며 간단히 반주 정도만 하는, 꽤 바람직한 습관으로 정착이 되었다고 생각했다. 고주망태가 되는 일도, 귀갓길에 노트북 가방 앞주머니에 토사물이 묻어 있는 일도 사라졌기 때문이다. 그렇게 안심하던 어느 날, 일 때문에 처음 만난 사람과 거하게 술을 마시고는 또다시 인사불성으로 집에 네 발로 기어오다시피 했다. 중독에서 완전히 벗어났다고 생각했는데 알코올에 관해서는 하나도 안 변한 것이었다. 이 망할 놈의, 사랑하는 습관.

나는 현재형 인간으로
산다

시몬 드 보부아르의《제2의 성》첫 페이지에는 철학자 프랑수아 풀랭 드 라 바르의 말이 쓰여 있다. "이제까지 남자가 여자에 대하여 쓴 것은 모두 믿을 수 없다. 남자는 심판자이며 동시에 당사자이기 때문이다." 같은 맥락에서 보면 내가 나에 대하여 쓴 글 역시 토씨 하나도 믿을 수 없다. 내가 나 자신의 심판자이자 동시에 당사자이기 때문이다. 어쩌면 내가 쓴 글은 작은 에피소드 하나까지도 오로지 나의 입장에서만 쓴 것이라고 할 수 있다.

처음에 내가 배설하듯 나만 보는 글을 썼을 때는 별로 걱정하지 않았다. 지금은 좀 다르다. 두 자아 사이에 괴리감이 생기기 시작했기 때문이다. 글 속의 나는 조금 더 사려 깊고 예민하다. 실제의 나는 좀 더 무던하고 무신경해서 주변에서 서운해할 때가 종종 있다. 가끔 하는 SNS에서도 그렇다. 거기선 비슷하긴 하지만 완전히 일치하지 않는 또 다른 결의 내 모습이 전시되고 있다.

내 생활을 글감으로 쓰는 에세이스트로 살다보니 어떤 잘못을 하면 내 성향, 내 인생, 내 그릇 자체로 확대해서 생각하는 습관이 들었다. 그때와 지금은 다르다는 것을 글로 남겨서 스스로 달라졌음을 인정해야 하는 고난을 왜 자처하는 것일까, 싶을 때가 많지만 뭔가 내 것을 만들고 있다는 위안이 그런 질문을 누그러뜨린다. 자기비하나 반성에만 치우치지 않고 나를 더 사랑해내기 위한 결과를 도출해내려고 한다.

그러려면 일정 부분 뻔뻔해져야만 한다. 뻔뻔함도 타인에 해를 끼치지 않는다면, 나를 지키기 위한 방어

기제가 된다. 다른 사람이 이 글을 보면 어쩌나, 이것을 읽고 나를 얼마나 하찮게 생각할까, 라고 일렬종대로 따라오는 생각의 버튼을 'OFF'로 바꿔야 한다. 늘 생각한다. 나를 힘들게 하는 것은 타인이 아니다. 타인의 시선도 아니다. 타인의 시선을 의식하는 나다.

마흔에 가까워지는 나이가 되자, 기어이 나를 바꾸기보다는 내 경험을 잘 기억하는 쪽으로 삶의 방식을 바꾸었다. 만약 어떤 습관을 갖고 싶거나 혹은 버리고 싶다면 그걸 이루기 위한 나의 유일한 방법은 내가 가진 습관들에 대해 지속적으로 생각하고 이야기를 해보는 것이다. 한 해 한 해 나이를 먹는 우리는, 내 주변의 모두를 뜨거운 집중력으로 사랑하기는 힘들다. 그저 다정하고 온기 있는 시선으로 어슬렁거리다가 필요한 때 바짝 뜨겁게 마음을 주면 된다. 그게 늘 현재형 인간으로 사는, 어른의 사랑법이지 않을까.

팬데믹의 강도가 세지고 나서는 밖에 나가지 못했

지만 초기 단계까지만 해도 손님들이 거의 오지 않는 빵집의 지하 일층 구석 자리에서 이 원고를 썼다. 빵집 지하 일층은 빵을 만드는 큰 조리실이 있고, 나머지 삼 분의 일 정도의 공간에는 손님들이 앉는 자리가 마련 돼 있었다. 나는 유리 너머로 빵을 열심히 만드는 직원 들이 마주 보이는 자리에 혼자 앉아서 노트북을 노려 보며 오전 열 시부터 오후 세 시까지 글과 씨름을 했 다. 글이 잘 안 써질 때에는 미지근한 아메리카노를 한 모금 마시고 나서 고녀 비슷한 것을 질겅질겅 오래 씹 었다. 그런데 이 공간에서 손님들의 흔한 수다 대신 내 가 더 많이 들었던 건 이런 짜증 섞인 말들이었다. "그 렇게 트레이를 들면 크루아상이 안 바스러지겠어요?" 혹은 "아니, 제가 어제도 알려드렸잖아요." 아니면 "이 거 보세요. 이런 건 어디다 팔지도 못한다고요." 등등.

   그 빵집은 세 개의 체인점이 있는데, 나머지 두 점포 로 빵을 배송하는 일을 맡은 아저씨를 향한 날 선 질 책들이었다. 아저씨가 맡은 건 층층이 식히고 있는 빵을 잘 꺼내서 주문대로 운반하는 일이었다. 오십대 후반 정도로 보였다. 미안하지만 그 아저씨는 빵이나 케이크보다는 순대국을 훨씬 더 좋아할 것 같은 느낌이었다. 그는 처음에는 어려운 이름을 외우는 데에 참 서툴렀다. 매번 아들뻘인 직원한테 혼났다. 혹시라도 내가 듣는다는 걸 알고 무안해할까봐 일부러 이어폰(이럴 땐 유선 이어폰이 더 좋다)을 끼고 있었던 적도 여러 번이다. "지금 몇 번 말하죠? 이건 어떻게 하라고 했죠?" 직접 생각하라는 듯이 매사에 질문형으로 질책하는 젊은 직원 앞에서 그는 늘 우물쭈물했다.

아휴, 저 아저씨 얼마나 버틸 수 있을까 싶었다. 안쓰러운 마음이 들기도 했지만 그건 나의 기우였다. 한 달이 지나고, 두 달을 채우고 나서는 제법 '척척'이란 표현이 어울릴 정도로 일이 몸에 익어갔다. 캄파뉴, 펌프킨파이, 바움쿠헨 같은 알쏭달쏭한 이름들도 다 알아맞혔다. 그의 업무 적응 과정을 의도치 않게 목격하면서 나는 일종의 위안⋯⋯이라고까지는 해야 할지 모르겠지만 아무튼 왠지 모르게 몸에 힘이 빠지며 안심이 됐다.

이건 아무 일도 아닐지 모른다. 하지만 글을 쓰면서 이렇게 내가 보는 기억들을 수집하게 된다. 글을 쓰기 전에는 주변의 풍경, 친구의 말, 기억의 고백을 듣는 시간이 턱없이 적었다. 글을 쓰면서부터는 그런 말들을 기억하고 더 많이 메모하고, 기꺼이 그 의미를 찾는 시간이 생겼다. 그러면서 하루가 달라졌다. 의미를 나름의 방식으로 만들어냈다. 나의 활동 범위는 전보다 훨씬 쪼그라들었지만 어디에 있든지 한곳에 머무르며 고여 있지는 않다고 느낀다. 대신에 솟구치거나 흘러서 내 인생의 결을 촉촉하게 만들고 있다고 생각한다. 나에겐 그런 느낌이 가장 중요하다. 비록 나와 내 글 사이의 괴리를 끌어안고 내내 괴로워하더라도, 글을 쓰며 간혹 느끼는 따뜻한 느낌에 의지해서 하는 데까지는 해보기로 한다. 쓰지 않으면 사라지는 것들에 대하여, 날마다 날마다. 내가 쓴 글에 가깝게 살기 위해서.